Ceux qui sont en mer

ISBN 978-2-940576-58-6

Graphisme de couverture : Florian Cuennet / matriochka.ch
Photo de couverture : Loïc Herin

Réalisé grâce à la Bourse d'aide à un projet d'édition
de l'Office cantonal de la culture et du sport de L'État de Genève.

Imprimé en Bulgarie.

éditions cousu mouche

Ceux qui sont en mer

ROMAN AUTOUR D'UNE HISTOIRE VRAIE

Éric Bulliard
Michaël Perruchoud
Guillaume Pidancet

Tout ce que les hommes ont fait de beau et de bien,
ils l'ont construit avec leurs rêves.
– Bernard Moitessier

Il pleut sur la mer et ça sert à rien.
– Allain Leprest

Chapitre I

Douvres, février 1972

Après la crémation du corps de Nigel Tetley, navigateur émérite, participant au Golden Globe 1968-1969.

Il se terre au fond de la salle, trempant le sachet de verveine à petits mouvements secs dans sa tasse. Aucune pensée ne vient le tourmenter. Il ne revoit pas sa vie, il ne refait pas la course. La Course. Il lui concède la majuscule, comme tous ceux qui se sont lancés dans l'aventure. Il affrontera encore la mer, il le sait, il est fait pour ça, son appétit de voile et de records ne sera jamais rassasié. Mais de Course à majuscule, il n'en existera jamais d'autres.

Depuis l'enfance, il s'est prémuni contre les insomnies et les questions superflues. Pour lui, la vie se compose d'événements sur lesquels on peut agir, et d'autres qui vous dépassent. Il se détourne des seconds, pour affronter les premiers, geste après geste, sûr que sa cervelle et ses mains sauront triompher, relever le défi. Robin Knox-Johnston n'est pas un homme de doute.

Au large, le calme est le plus grand atout, la première des

vertus. Les nerveux sont des perdants en puissance. Les utopistes aussi, avait-il cru. La Course lui a prouvé que non et il en ressent encore la pointe d'une amertume.

Robin Knox-Johnston est mal à l'aise à cause de ces bribes de voix, de ce conciliabule égrillard qu'il s'efforce de ne pas entendre. Les journalistes – non, ce terme ne leur convient pas, des fouille-merdes plutôt – réunis à la grande table, près de l'entrée de la salle, comparent leurs versions comme s'ils étaient seuls au monde, ou mieux, comme s'ils étaient assez importants pour que chacun dût les subir.

Ils ne parlent que de Nigel, ils grossissent les rumeurs, ils peaufinent les allusions dont ils parsèment leurs articles. Un des médecins chargés des constatations l'avait glissé tout bas, distinctement quand même : la thèse du simple suicide était la plus probable, mais pas la seule, on ne pouvait exclure un jeu sexuel qui aurait mal tourné. Ils s'en pourlèchent les babines, les sales rats ! Ils ne connaissent rien aux hommes, ils ne veulent que du croustillant. Au mépris des familles endeuillées.

Robin Knox-Johnston lâche le sachet de verveine qui s'écrase juste au bord de la soucoupe. Un éventail de perversions supposées, c'est plus vendeur que de bêtes problèmes de fric, que l'argent qui ne permet plus de lancer ses rêves sur les vagues. Pourtant, il n'y a rien de plus douloureux qu'un bateau qu'on a construit dans sa tête, que l'on sent à l'intérieur de soi et qu'on ne peut faire partir, un bateau qui reste à quai, faute de ressources, faute de soutien.

Ils peuvent additionner les rumeurs, compiler les allusions, ils ne brassent que du vent. Robin Knox-Johnston en sait plus qu'ils n'apprendront jamais. Il a vécu la Course de bout en bout. Il peut imaginer la grande, l'immense douleur originelle de Tetley. Celle d'un tour du monde avorté, un tour du monde qu'il avait presque terminé. Qu'il aurait dû terminer.

Un journaliste se tourne vers lui, comme ça, par hasard, mais son regard s'attarde un peu trop longtemps, comme s'il classait les images, qu'il cherchait un souvenir. Robin Knox-Johnston enfonce sa tête dans ses épaules. Ces chasseurs de scandales nourris aux faits divers ne sont certes pas des spécialistes de la voile. Ils sont donc capables de ne pas le reconnaître. Mais Robin Knox-Johnston préfère ne pas prendre de risques. Il gardera la tête basse.

Il a connu son lot de micros et n'a d'ailleurs pas détesté son heure de gloire. Mais ce jour, il n'a nulle envie de réfuter leurs pitoyables arguments d'une voix trop calme. Il a le goût de les insulter jusqu'à ce que tout se déchire, qu'ils soient emportés par une lame salutaire et qu'on n'en parle plus.

La petite serveuse aux joues roses et à la robe pâle qui n'avait rien perdu de son accent du pays de Galles, mais dont l'air buté soulignait bien l'obstination (elle avait su convaincre son père qu'elle lui ramènerait l'argent nécessaire derrière un comptoir mieux que collée au cul d'une vache), descend l'escalier un peu vite, comme à chaque fois qu'elle est émue. Elle manque une marche, se rattrape, l'interpelle d'une voix forte avant même de reprendre son souffle. Elle sait qui il est et n'en revient toujours pas de pouvoir lui parler.

– Monsieur Knox-Johnston !

Il lui fait signe de baisser le ton.

– Monsieur Knox-Johnston !

– S'il vous plaît, Gladys...

Il la supplie de se taire. Elle est loin d'être idiote, plutôt fine dirait-il, une gamine qui finira par y arriver, mais le monde des « gens dont on parle dans les journaux » lui semble si lointain qu'elle perd toute contenance en sa présence. Elle va mettre dix ans à comprendre et à répéter son nom à pleines cordes vocales. Alors, il se relève, abandonnant sa tisane.

Une entorse à la bonne succession de ses gestes, cela aussi c'est inhabituel. Avant le grand départ, un psychologue avait déclaré qu'il était « désespérément normal ». Beaucoup y avaient vu un sujet de moquerie. Il en a, au contraire, tiré une vague fierté, la certitude qu'il est fait pour ce genre d'aventures. Quand on doit réparer une pièce métallique dans le gros temps, qu'on se plonge dans l'eau à des centaines de milles de la première terre pour assurer sa coque, il vaut mieux avoir le geste clair, ne pas se laisser polluer par l'angoisse.

Il se dirige vers elle. Posé, souriant.

– Un appel pour vous, Monsieur.

Elle le convoie vers l'appareil mural, au fond du couloir.

– Ça doit venir de loin. On entend très mal.

– Je vous remercie, Gladys.

Il appuie sur le Gladys pour qu'elle tourne les talons. Elle ne s'y résout que lorsque la patronne l'appelle d'en bas, la voix impérative. Robin Knox-Johnston se saisit enfin du téléphone. Ça grésille, un vrai nid de parasites, mais la voix est plus proche, plus chaude qu'on aurait pu le croire.

– Robin ? C'est Bernard.

Ils ne se connaissent pas. Ne se sont jamais parlé. C'est à la fois incongru et évident. Moitessier n'a vogué qu'au gré de ses envies, alors que Knox-Johnston s'est construit pas à pas. L'un ne connaît pas les frontières, l'autre est britannique jusqu'à la façon de se tailler les ongles et déteste les *Froggies* de manière presque atavique.

Un instant, c'est à nouveau la nuit, la Course, les creux que l'on trouve magnanimes parce qu'ils ne détruisent pas le bateau. Robin Knox-Johnston se revoit, impuissant devant sa radio muette, à la sortie du Pacifique. Il ne pouvait que supposer la position de ce maudit Français trop rapide, trop doué, qui, malgré ses airs habités, sa manie de dédaigner la compétition, écrasait tous ses concurrents, bouffait les milles sans avoir l'air d'y toucher, comme si c'était facile, comme s'il apprivoisait les océans.

À chaque fois qu'il calculait les positions, Robin Knox-Johnston se crispait à seulement imaginer l'avancée du Français. Il supportait mal cette victoire de la grâce, de la légèreté, de l'improvisation, sur le travail, le calcul, le sérieux.

Mais les adjectifs n'y changeaient rien, les principes moins encore. Moitessier allait le battre, c'était sûr. Il allait faire le tour du monde le plus rapide de tous les concurrents. Mais allait-il le rattraper ? Allait-il être le premier à accomplir l'exploit ? Robin Knox-Johnston se rappelle encore ces jours où il remontait l'Atlantique, avec l'impression d'avoir le feu aux fesses.

– Bernard... Ça me fait plaisir de t'entendre.

Ce n'est pas un mensonge. Il ne connaît pas cette voix et l'aurait reconnue entre mille. Il ne peut s'empêcher d'être séduit. Faut-il croire que Moitessier est un être plus marquant que les autres ? Ou alors est-ce leur histoire commune qui les rapproche ? Il n'y a toujours que des grésillements du côté de Tahiti. Moitessier n'a pas toujours envie de parler. Même quand c'est lui qui appelle.

– Comment ça va, à Papeete ?

C'est un peu cavalier, un peu empressé, un peu trop joyeux peut-être. Robin Knox-Johnston n'aime pas entendre résonner sa voix, avec une légère latence, un rien d'écho, une joie qui n'est pas la sienne.

Ce sont les Français qui disent toujours ce qu'il ne faut pas, qui tapent les épaules et serrent des mains plus qu'il n'est nécessaire. Enfin, les autres Français. Moitessier ne leur ressemble pas, qui se tait dans le concert des grésillements, comme si les mots n'étaient pas utiles, même au téléphone. Robin Knox-Johnston se souvient de la lettre qu'il a rédigée à cet homme, lorsqu'il a appris... Quelques mois plus tôt.

Non, ils ne se connaissaient pas, ne seraient jamais des proches, mais Robin Knox-Johnston se devait de se manifester. La plus basique des courtoisies le lui imposait. Parce que le silence n'est pas une option lorsqu'on dit respecter les êtres.

Iléana, la compagne de Bernard Moitessier, avait accouché de jumeaux à l'automne. Trop tôt ? Un seul des bébés avait survécu. Comment prendre la plume quand celle-ci doit osciller entre les félicitations et les condoléances ? Robin Knox-Johnston n'est pas certain d'avoir fait passer beaucoup de sentiments au fil des quelques lignes qu'il a fini par pondre d'un coup, sans ratures, comme en apnée. Mais il a fait son devoir. Il a envoyé cette foutue lettre. Il le devait. L'honneur le lui intimait. Et quelque chose de plus fort encore. Bernard et lui sont liés par la Course.

C'est pour cela que Bernard appelle. Parce qu'ils sont liés à Nigel aussi. Surtout Bernard, pour être honnête. Knox-Johnston ne l'a pas côtoyé à Plymouth, Nigel, n'a pas participé à l'effervescence des préparatifs, aux échanges qui précédaient le départ. Il était déjà en course.

– Mieux qu'en Europe, je crois.

– Ton petit, comment va-t-il ?

– Stephan… Je passerais ma vie à le regarder grandir…

Pas un mot sur l'autre, sur le fils manquant. Le bonheur doit combler le deuil. Un silence dans le téléphone. Robin Knox-Johnston sent monter le malaise. Il devine comme une douleur du côté de Papeete, les contours d'une amitié dont il était exclu. Le deuil de Nigel Tetley qu'il ne porte pas comme il se devrait.

Robin Knox-Johnston se répète comme une excuse qu'il avait déjà pris la mer. Quatre autres mouillaient à Plymouth, préparant leur embarcation pour le grand défi. Il n'a pas connu Moitessier le soir, pieds nus sur le pont, partageant un verre de vin, parlant avec Nigel et les autres du cap Horn ou de quelques îles lointaines. Ou de la vie. L'autre vie. Celle que l'on passe à terre et qui est si difficile à vivre lorsqu'on supporte mal les horizons étroits.

Moitessier, c'était un peu le Rimbaud des mers. Les attitudes, les paroles. Un vagabond solaire taillé au sel et à l'écume. Un aventurier que la mer aurait soigné de toutes les vanités. Il n'avait pas les muscles, la science bourrue de l'autre fierté de la voile française, le solide Éric Tabarly, mais il racontait une autre histoire, qui ne se résume ni en milles ni en performances. Pourtant, Moitessier allait vite, il tirait plus de son bateau que n'importe lequel de ses adversaires.

Robin Knox-Johnston, lui, était passé par la Royal Navy, les épaules droites, le corps soigné, il ne laissait rien au hasard. Il se frottait à la force des vagues, il appréciait sans doute la poésie du large, mais il n'en laissait rien paraître, surtout face à lui-même.

– On dit des saloperies sur Nigel, des trucs dégueulasses.

Il dit ça comme on jette quelque chose qui est lourd à porter.

– On devient sale lorsqu'on s'éloigne de la mer.

C'est pour ça qu'il ne revient pas, Moitessier. Les premiers pas de son fils auront lieu sur le rivage, près du grand océan, loin de la cour des immeubles, loin de la vie qui prend les poumons, qui pollue, qui souille.

Il n'en dit pas plus, Bernard. Il regarde peut-être son enfant dormir, là, sous l'auvent, ou alors il songe à Tetley, à son enthousiasme, son envie de se confronter à l'océan. Son sourire éclatant. À Plymouth. Juste avant le départ. Ces soirées qu'ils ne voulaient pas voir finir, les rires, l'amitié folle de ceux que la mer appelle.

Bernard Moitessier écrivait les flots comme personne, mais il était un taiseux en mer. Battre les autres ne l'intéressait pas. La vitesse était juste une politesse qu'il devait à son bateau. Et si l'idée d'être le premier à réaliser un tour du monde en solitaire et sans escale devait forcément le séduire – qui ne l'aurait pas été ? –, il refusait de s'exprimer sur le sujet. Il avait d'ailleurs dédaigné de s'encombrer d'une radio.

Sa progression se ferait dans le silence, au seul jugement des océans.

Mais à chaque fois qu'il avait croisé un navire, qu'il avait pu donner sa position, il avait demandé des nouvelles de Nigel, cet homme à l'enthousiasme courtois, ce gars décidé qui trinquait juste et lui plaisait bien.

– Ceux qui l'ont décroché ont raconté qu'il avait les bras noués derrière le dos, qu'il était vêtu de lingerie...

– Je ne veux pas savoir.

– C'est juste que c'est tellement...

– Je ne veux pas savoir, Robin.

Ils ne seront jamais amis. Ils sont trop différents, jusqu'à la manière de dire leurs émotions, de raconter le monde. Pourtant, ils ne peuvent se dédaigner, faire comme s'ils n'existaient pas. Liés par la Course.

Et la voix toujours grésillante...

– Mais je me demandais... Enfin, je me suis toujours demandé...

– Oui ?

– Pourquoi ce n'est pas à lui que tu as versé l'argent ?

C'est Gladys qui vient vers lui, la petite musaraigne galloise avec ses sourires à la fois innocents et tentateurs, Gladys qui joue de sa jeunesse sans bien connaître les règles du jeu. Elle le saisit par le bras. Il a encore le combiné à l'oreille.

Moitessier a raccroché depuis longtemps.

Il n'a pas répondu à la question.

Il faut remercier Gladys, lui dire que tout va bien.

Il faut appeler Sue. Lui proposer de recommencer. Choisir

ses mots, ceux qui lui toucheront le cœur, qui mettront un peu de baume sur de déjà vieilles blessures.

Mais Robin Knox-Johnston sait qu'avant de parler à celle qui fut sa femme, il faudra qu'il se débarrasse du goût désagréable qu'il a dans la bouche.

Pourquoi n'a-t-il rien laissé à Tetley ?

Chapitre II

Londres, mars 1968

Ron Hall bourre sa bouffarde de trois pincées de Peterson Old Dublin. Il la rallume en plissant les yeux derrière ses lunettes d'écaille, avant de la pointer vers son reporter vedette.

– Vous êtes toujours avec moi, Sayle ?

Murray Sayle n'ose pas demander d'ouvrir la fenêtre. La fumée lui irrite la gorge, il sait que sa chemise, ce soir, aura le parfum âcre des copies recouvertes de stylo rouge que Ron Hall tend à ses journalistes après relecture.

– Bien sûr, je vous écoute, j'ai l'impression que nous y voyons plus clair et même que nous touchons au but, non ?

– Il reste à nous accorder sur ce point essentiel : compétition ou pur défi ? Le *Sunday Times* récompensera-t-il le premier à réussir son tour du monde ou le plus rapide ? J'ai demandé à Francis Chichester de nous rejoindre, il nous aidera à trancher, si vous êtes d'accord. Ensuite, oui, nous devrions être prêts à présenter notre règlement dans une prochaine édition.

Ce bon vieux Chichester. Murray ne l'a pas revu depuis la cérémonie d'anoblissement, il y a quoi ? huit, neuf mois ? Il couvrait l'événement pour le *Sunday Times* et a pris un malin plaisir à raconter le moment précis où la reine l'a fait chevalier commandeur de l'ordre de l'Empire britannique : l'article précisait que Sa Majesté s'était servie, pour l'occasion, de l'épée qui avait accompagné le corsaire Francis Drake, premier Britannique à effectuer le tour du globe, quatre siècles plus tôt. Histoire de rappeler la puissance de la tradition des marins du Royaume. « *Rule Britannia, Britannia rule the waves!* »

Pour Murray Sayle, cet article bouclait la boucle : il a suivi le périple de Francis Chichester depuis ses débuts et a tenu ses lecteurs en haleine, en particulier quand on a perdu la trace du vieil homme (soixante-cinq ans, tout de même). En accord avec son journal, il a loué un avion pour partir à la recherche de *Gipsy Moth IV* en lutte contre l'océan, au large du cap Horn. Une fois de plus, le *Sunday Times* créait l'événement : Murray a pu non seulement photographier le voilier ballotté comme un jouet, mais a aussi trouvé les mots pour dire la violence des vagues hautes comme des immeubles. Quelques mois plus tard, il serait encore là, à l'arrivée dans le port de Plymouth, pour raconter les centaines de milliers de personnes venues accueillir Chichester au terme de son exploit : le premier tour du monde à la voile en solitaire.

Mais avec une escale.

Une seule.

Une de trop.

Après 107 jours de mer, Francis Chichester s'est en effet arrêté à Sydney. Épuisé, il est descendu à grand-peine de son bateau, chancelant, maigre comme un vieux chat. En Australie, il a réparé et amélioré *Gipsy Moth IV*, ce ketch gîtard qui fuit de partout. Il a retapé sa propre carcasse de sexagénaire usé, aussi. L'ancien chercheur d'or, le vétéran de l'aviation qui a multiplié les folies aériennes, qui a survécu à des crashs d'hydravion et à un cancer des poumons, l'aventurier végétarien qui a commencé à naviguer à cinquante ans passés doit attendre près de deux mois avant de repartir de Sydney et boucler seul son tour du monde. Sans cette escale, il n'y serait jamais parvenu.

Quand leur directeur de publication a proposé à Ron Hall et Murray Sayle d'imaginer et d'organiser la première course autour du monde en solitaire à la voile, il allait de soi que Chichester serait impliqué. Conseiller technique, président du jury, quelque chose du genre. Respecté de tous, adulé de beaucoup, connaissant comme personne les risques et les difficultés de cette aventure, il saurait motiver les indécis et décourager les inconscients. Histoire d'éviter que des néophytes se lancent et se noient dans le golfe de Gascogne.

– Sir Francis Chichester est arrivé. Est-ce que je le fais entrer ?

La secrétaire rouée, en poste depuis quarante ans, ne peut réprimer un soupir. Elle en a vu d'autres, des hôtes d'honneur invités par le rédacteur en chef. Ils ne lui inspirent plus rien. Ils font partie de son quotidien, autant que les relents de fumée froide.

Il a pourtant de quoi intimider, le vieux marin, avec son menton carré, son torse de lutteur, son front couleur de vieux cuir, son sourire carnassier qui semble s'étendre jusqu'aux favoris argentés. Les deux journalistes se lèvent pour serrer sa pogne râpeuse. Il manque une phalange à son index. Peut-être deux, se surprend à penser Murray en sentant le moignon au creux de sa paume.

Chichester balaie de son sourire les politesses d'usage et préfère le vif du sujet :

– Que me vaut l'honneur de votre invitation ? Ron, au téléphone, vous m'avez parlé d'une course, d'un tour du monde à la voile…

– Non pas UN tour du monde, mais LE tour du monde, se lance le rédacteur en chef, en tapotant sa pipe dans le cendrier. La dernière conquête des mers, un absolu, le plus pur des défis. Les Américains et les Russes visent la Lune, nous, Anglais, nous gardons les yeux sur l'horizon, parce que nous savons qu'il reste ici, sur notre bonne vieille Terre, l'Everest des mers, le Graal des marins, l'El Dorado des océans : réussir le premier tour du monde à la voile, en solitaire, sans escale ni assistance. Je ne vous apprends rien, mon cher Francis, personne ne le sait mieux que vous, mais il est temps de s'y attaquer vraiment. Voici notre idée. Je vous laisse la parole, Murray.

Chichester ne relève pas le « vraiment » ni la légère insistance dans la voix qu'il a cru percevoir au moment où Ron Hall a prononcé « sans escale ».

Murray Sayle a eu vent, ces derniers mois, de plusieurs projets plus ou moins avancés. L'idée de cette ultime conquête, l'hiver dernier, monopolisait les discussions dans les bars du salon nautique de Londres. L'exploit de Francis Chichester a remué les marins et certains ne cachent plus leurs intentions. Le *Sunday Express* vient de publier un portrait de Bill King, héros de la Seconde Guerre mondiale, ancien commandant de sous-marin, qui peaufine son *Galway Blaser II* et annonce un départ pour cet été. Jeune capitaine de l'armée britannique, John Ridgway veut partir plus tôt encore, début juin, et a demandé à un journal concurrent de le sponsoriser. Murray a entendu dire qu'un autre militaire, Chay Blyth, espère se lancer aussi. Il n'a pas eu le temps de vérifier cette rumeur, mais elle ne l'étonne guère : deux ans auparavant, Blyth et Ridgway ont traversé ensemble l'Atlantique à la rame.

Et tout le monde sait que le *Frenchie* Bernard Moitessier, poète bizarre mais sacré marin, rêve de ce tour du monde en solitaire. Il l'a écrit l'année précédente dans son livre *Cap Horn à la voile* : « Je partirai seul vers ce combat qui sera le plus grand de ma vie », et la presse française relate régulièrement l'avancée de ses préparatifs. Moitessier semble taillé pour réussir : son passage du cap Horn dans la tempête, fin 1965, à bord de *Joshua* et en compagnie de son épouse, est déjà entré dans la légende de la navigation. Personne n'aurait imaginé passer par là-bas dans des conditions pareilles.

– Il y a encore ce jeune capitaine de la marine marchande, poursuit Murray Sayle, avec son drôle de nom. Knox-Johnston, c'est bien ça, Ron ? Il est venu au journal il y a quelques semaines pour demander un parrainage. Il veut tenter le tour du monde avec un bateau construit en Inde, qui lui a déjà permis de franchir le cap de Bonne-Espérance, paraît-il. Nous n'avons pas donné suite, parce qu'il ne semble pas très crédible et qu'il manque de charisme, mais lui aussi sera intéressé par le défi. Et d'autres se préparent sans doute dans leur coin.

Sir Francis Chichester approuve en souriant. Il sait tout ça. La plupart l'ont contacté pour demander conseil.

– Et donc ?

Donc, le *Sunday Times* a décidé de prendre les choses en main. Plutôt que de laisser chacun partir de son côté et attendre qu'un marin réussisse son tour du monde, le journal va organiser et planifier le défi.

– Il s'appellera le Golden Globe et nous avons choisi des règles simples, afin que le public même non initié puisse suivre la course, précise Murray, les yeux tournés vers la fenêtre désespérément fermée, où un timide soleil de fin d'hiver tente de percer la grisaille.

Le départ et l'arrivée doivent avoir lieu dans le même port britannique, qui sera laissé au choix de chaque concurrent. Le trajet passera obligatoirement par les trois caps, Bonne-Espérance, Leeuwin et Horn. Aucune escale ni assistance ne sera autorisée : une fois le bateau en mer, il ne pourra plus recevoir aucun combustible, nourriture ou matériel.

– Pour ne pas pénaliser ceux qui ont bien avancé dans leurs préparatifs, nous imaginons un échelonnement plutôt qu'un départ groupé : chacun peut lever l'ancre quand bon lui semble, entre le 1er juin et le 31 octobre. Quand l'homme et son bateau se sentent prêts, quand la météo paraît favorable... Aucune inscription n'est nécessaire : celui qui part se retrouve *de facto* dans la course.

– Oui, les dates sont bien choisies, murmure Francis Chichester, comme à lui-même. Avant juin et après octobre, ils se retrouveraient en plein hiver austral. Impossible de se lancer. C'est déjà assez dur comme ça, vous savez, ces mers...

Même à la belle saison, si on peut dire. J'y ai connu des creux de 12 mètres, des vents de 70 nœuds, personne ne peut imaginer ça. Cette puissance... Vous êtes minuscule et seul, seul comme jamais, seul pendant des mois alors que tout, autour de vous, dans le bateau, dans le ciel, dans la mer, tout vous crie que vous n'avez rien à faire ici. Vous ne pouvez plus vous enfuir, alors que c'est la seule chose que vous voudriez. Il n'existe pas d'endroit plus sauvage, et j'en ai vu, des pays. Le bruit, le froid, la solitude, la nuit, la grêle, la neige... La peur. J'ai été pris sous des avalanches de vaisselle et de bouteilles, j'ai pleuré, juré, hurlé. Vous êtes secoués en tous sens, le bateau craque, les voiles claquent... C'est de la survie... Mais survivre signifie d'abord se nourrir et se réchauffer, alors que, dans ces moments-là, vous ne pouvez faire ni l'un ni l'autre.

Il s'arrête, quelques secondes.

– Et pourtant, jamais je ne me suis senti aussi vivant.

Ron n'a pas rallumé sa pipe. Quand le vieux marin se tait, les yeux dans le vague, il laisse passer un instant de silence avant de s'éclaircir la gorge.

– Avec mon ami Murray, nous avons donc établi le règlement et sommes assez convaincus de notre affaire. Mais nous ne parvenons pas à nous mettre d'accord sur un point : lui tient à la pureté du défi, à une forme d'idéalisme désintéressé, qui voudrait que l'on récompense uniquement le premier à réussir ce tour du monde en solitaire. De mon côté, j'estime qu'il faut insister sur le côté compétition et couronner le vainqueur de la course, autrement dit le plus rapide. Qu'en pensez-vous ?

– Les deux... Il faut les deux.

Francis Chichester n'a pas hésité. Il n'a pas oublié sa déception à son arrivée en Australie : il voulait non seulement faire le tour du monde, mais visait aussi le record de la traversée Londres-Sydney. Ou, quand il a compris qu'il n'atteindrait pas ces 72 jours, au moins descendre sous les 100 jours.

– Les deux, oui... Voyez-vous, si ces marins veulent marquer l'histoire en devenant le Edmund Hillary des océans, c'est bien qu'ils ont l'esprit de compétition. En revanche, il est impensable de ne pas récompenser le premier qui achèvera la circumnavigation, même s'il est plus lent qu'un autre, parti trois mois après... Le premier à réussir, c'est l'histoire. Croyez-moi, il faut les deux récompenses. Et si vous voulez motiver Moitessier à participer, inutile de lui parler de compétition. C'est un foutu romantique, il faudra l'amadouer en évoquant l'absolu, le rêve... Être le premier, oui, ça l'attire, mais le plus rapide, battre les autres, n'y comptez pas. Il faudra aussi le convaincre de partir d'Angleterre et pas de Toulon, où mouille son *Joshua*. Vous ne pouvez pas imaginer ce Golden Globe sans lui. Il a une réputation de marin d'exception : il faut qu'il participe et il faut qu'un Anglais le batte... ou au moins un Britannique. Sans lui, il y aura toujours ce doute : oui, mais si Moitessier avait été là...

Ron Hall porte à la bouche sa pipe éteinte, la pose dans le cendrier et retrouve sa voix de rédacteur en chef :

– OK, voici ce que l'on va faire. On garde l'idée d'un trophée pour le premier à terminer le tour du monde et l'on ajoute une prime importante, disons 5000 livres, pour le plus rapide à rejoindre son port de départ. Et si c'est le même homme, tant mieux pour lui. La double récompense permettra de garder un intérêt à la course, même après l'arrivée du premier. Les concurrents toujours en mer pourront encore espérer remporter la prime du plus rapide. Murray, vous avez bien tout noté ? Vous me préparez un papier qui annonce la course en résumant le règlement. Ne lésinez pas sur les superlatifs. La *Sunday Times* Golden Globe Race sera une course hors du commun, elle entrera dans la légende, et il faut tout de suite le faire savoir. Vous me montrerez votre article, je le veux dans l'édition de dimanche, le 17 mars. Ensuite, vous irez trouver ce Moitessier et débrouillez-vous pour le convaincre de participer, en renonçant à son idée de partir de Toulon.

– Parfait, je m'y mets dès ce soir... Excusez-moi, pourrait-on ouvrir une fenêtre ?

Chapitre III

Paris, 4 mai 1968, 10 heures du matin

C'est son père qui lui avait appris à faire des listes en colonnes. Les plus et les moins. En bon patriarche conservateur avide de laisser un digne patrimoine à ses enfants, il revérifiait chaque vendredi la comptabilité de son entreprise. Il était dans le bâtiment, près de Clermont-Ferrand. Une solide demeure. Une jolie fabrique. Magnères Construction. Quatorze employés.

Julie a claqué la porte, elle a dit merde à sa famille et à la province, aux quatorze employés qui semblaient résumer l'existence de son père. Elle vit dans une chambrette du Quartier latin, un petit espace sous les toits, les toilettes à l'étage et le monde à ses pieds.

À tous, elle raconte qu'elle a coupé les ponts, qu'elle finance elle-même ses études, mais elle va chercher chaque mois le mandat qui arrive par la poste. Sa mère jamais ne cesserait de l'aider. Mère corse. Et son père qui ne laisse pas filer un centime doit forcément fermer les yeux sur ces envois réguliers.

Elle sait, au fond, qu'elle est protégée de loin, qu'elle n'a rien coupé du tout, qu'elle fait sa crise tout en révisant son droit. Et si elle avait voulu s'en convaincre, elle n'aurait eu qu'à regarder ses listes en colonnes, celles qu'elle froisse, rageuse, pour les jeter dans la corbeille à papier.

Quand on aime, on ne fait pas de listes, se dit-elle le visage tourné vers la fenêtre ouverte, avide d'une passion qui emporterait tout, qui renverserait sa vie. Elle boit une gorgée de café, sourit en regardant le lit, les habits épars dans la pièce, Daniel qui dort, les cheveux fous lui couvrant les épaules, Daniel et ses infinis discours, colonne de droite, Daniel qui se dresse de tout son cœur face au pouvoir, colonne de gauche, Daniel qui affirme qu'il est plus enrichissant de parler politique que de faire l'amour, colonne de droite, mais ils font tout de même l'amour, colonne de gauche, très agréablement, colonne de gauche, même si elle doit reconnaître qu'elle manque de points de comparaison, colonne de droite.

Si elle fait une liste, cigarette dans la brise du printemps, l'œil perdu sur les toits des immeubles voisins, c'est qu'elle ne l'aime pas assez, qu'il habite sa chambre et sa vie, qu'il ne les transcende pas. Il était fier de lui, Daniel, quand il a débarqué en pleine nuit. Il était à Saint-Michel, il a vu voler les pavés, il a vu charger les CRS. C'est de ça dont il voulait lui parler, comme un vétéran du front, comme un combattant dont on caresserait la cicatrice. Il a la peau trop douce, les gestes encore timides, il les masque sous cet engagement, sous les accents du héros.

Il l'a réveillée, ils ont bu un thé. Il lui a dit que la Sorbonne avait été fermée par la force des armes, que les policiers étaient entrés, transgression sans précédent, que le gouvernement tremblait, même le vieux Général devait avoir les foies. Elle lui caressait la joue, comme s'il était un enfant turbulent. Il avait voulu l'entraîner dehors, qu'elle voie la révolution. Il y avait des altercations, des barricades, c'était la Commune, c'était mieux que la prise de la Bastille.

Julie se demande si Rimbaud était présent lors de la Commune... Elle n'écoutait pas assez aux cours, elle aime tellement quand il lui parle de poésie, de littérature, de musique... Elle a envie de retourner sous les draps, pas d'enfiler un blouson, qu'il se couche avec elle, pas de lancer des pavés sur les flics. Quitte à poursuivre des chimères, il y en a de plus belles dans cette pièce trop basse, sous l'ampoule qui grésille et menace de s'éteindre.

– Tu ne veux pas lire encore ?

Daniel change le monde, il risque sa peau et elle lui parle de poèmes. À deux heures du matin. C'est ça les bourgeoises ! Tu ferais mieux de te mettre avec une prolétaire, une vraie, une qui a la vraie rage au ventre, lui disent les potes. Il se marre, il se dit qu'effectivement la fille Magnères ne lui apportera que des emmerdes, que si l'on est en droit de baiser les ennemis de classe, mieux vaut se garder de frayer trop longtemps avec eux. Il se dit qu'il va lui jeter ses quatre vérités à la gueule, petite fille planquée dans son studio sous les toits, fille à papa qui ne s'assume pas, et puis chaque fois qu'il remonte l'escalier, il se souvient qu'elle le nourrit depuis des mois et qu'il dort mieux ici que dans le hangar venteux de son cousin, en banlieue. Il a installé ses affaires sans qu'elle ne lui demande rien, elle lui servira le café, au matin, quand il daignera sortir du lit. Ça mérite bien qu'il cède à quelques-unes de ses lubies.

La nuit est d'encre. La rumeur de Paris est couverte par le bruit du vent. On pourrait croire à l'océan. Daniel ouvre le livre. Il en a certes aimé certains passages, mais il n'en a pas fini la lecture. Il sait en parler, surtout aux filles qu'il veut séduire, et qui n'imaginent pas combien il a les idoles faciles. La liberté du marin qu'il conte à Julie, c'est juste quelques phrases soulignées, sur le conseil d'autres étudiants qui, semble-t-il, lisent et parlent mieux que lui.

Même Rimbaud, pour lui, se résumait en quelques vers choisis. Il ne pensait pas qu'elle lui dirait « lis-moi, encore ». Daniel avait lu. Et il lit encore un peu. Puis il dit, comme on trouve une échappatoire quand une activité devient lassante.

– Je crois qu'il part pour un tour du monde en solitaire...

– Moitessier ?

– Oui. Il y a une course, en Angleterre. Je ne sais plus où j'ai lu ça.

– C'est bizarre...

Elle n'imagine pas l'homme qui parle des ports, des amis et du voyage comme un élan de l'âme, se mêler à une vulgaire compétition. Comme il sent que ça la déçoit, il reprend. Un passage, un autre encore...

Ils s'étaient endormis sans faire l'amour, elle s'était réveillée la première, plus seule que jamais. Mais, cette fois-ci, elle ne sait pourquoi, ça n'ira pas dans la colonne de droite.

Le voilà enfin qui s'étire. Qui quitte lentement sa torpeur. Qui regarde l'horloge contre le mur, encore un truc de bourgeois, doit-il penser. Elle ne sait que trop ce qu'il pense.

Elle lui sert un café. Il grogne. Le chaos du monde pourrait respecter le sommeil des héros. La Sorbonne. Il faut reprendre la Sorbonne. Ou alors exporter le combat dans les rues. Tous les étudiants se soulèvent, il faut sentir cet élan. C'est là au milieu d'une phrase, en tendant sa tasse pour qu'elle la remplisse, qu'il remarque qu'elle est déjà prête. Et elle n'est pas en tenue de combat.

– J'ai rendez-vous, tu sais, pour le boulot.

Non, Daniel ne sait plus, il n'écoute pas. Un boulot ? Il la couve d'un œil de doux mépris. Des héros abattent le monde ancien et elle pense à sa petite carrière. Elle soutient son regard. Elle veut être un peu moins assistée. Il n'insiste pas. Lui, ça ne le dérange pas d'être assisté. Elle ne s'en rend pas compte. Le vernis l'éblouit un peu. Les beaux discours la touchent. Elle comprendra plus tard.

Son boulot, elle ne le trouvera que dans deux mois, quand les pavés auront repris leur place et que Mai 68 aura fait tomber un gouvernement. Elle l'obtiendra grâce à un piston de son père. Elle ne le lui dira pas, et moins encore qu'elle se lèvera chaque matin pour se rendre au ministère. Elle n'aura pas longtemps à cacher son secret. Ils se quitteront à l'automne. Moitessier aura pris la mer.

Daniel aussi trouvera un boulot. Dans les assurances. Il y aura Couve de Murville et Pompidou, et Giscard, des centrales nucléaires et des Simca, des supermarchés pimpants et des zones industrielles, les Bee Gees à la place de Sergent Pepper, la réussite sur un fond de disco, la crise pétrolière qui n'empêche pas d'acheter son pavillon, et des gosses qui le regarderont comme tous les pères qu'on ne voit pas assez.

Dans douze ans, on ne renversera plus le monde, on votera Mitterrand, en l'honneur de son passé. Dans douze ans, on parlera d'économie, de Keynes, on abolira la peine de mort pour ne pas avoir fait tout ça pour rien. Et quand Daniel se souviendra du joli mois de mai, dans son fauteuil, à regarder filer le temps, il laissera de côté les assemblées et les jets de pierre, pour se souvenir de cette fille qui l'entretenait, et qui posait son visage sur sa cuisse, et lui, assis sur le lit, livre ouvert qui reprenait un passage, toujours le même, en caressant doucement son visage… Moitessier. *Vagabond des mers du Sud*.

Pour moi, cela tiendra toujours un peu du miracle : voir une île émerger après plusieurs semaines de mer, là où une heure plus tôt on ne voyait que de l'eau, des vagues, des nuages, et la ligne d'horizon, intacte, éternelle. Chaque fois, j'éprouve le même mélange d'étonnement, d'amour et d'orgueil, à la naissance de cette terre nouvelle qui me semble avoir été créée pour moi, par moi.

Et juste avant le coucher du soleil, alors que le doute me rongeait déjà, Sainte-Hélène est sortie doucement de la mer…

Chapitre IV

Ce bon vieux *Suhaili*...

Chaque matin, l'expression lui vient en tête, alors qu'il marche vers les Surrey Commercial Docks et qu'il aperçoit son voilier, doucement ballotté par la Tamise. Massif, un peu ventru.

Ce bon vieux *Suhaili*.

Il l'attend, chien fidèle dans le brouillard londonien et les premières rumeurs des docks. Chaque jour un peu rajeuni, chaque jour un peu plus impatient de reprendre le large.

Robin Knox-Johnston a bien tenté de le remplacer, mais le bateau de ses rêves est resté à l'état de plan. Trop audacieux, sans doute, trop visionnaire. Personne n'a voulu s'engager dans la construction d'un voilier aussi novateur, ni les chantiers navals, ni les sponsors. Alors, il s'est tourné vers son bon vieux *Suhaili*. Pas si vieux, d'ailleurs, il n'a que quatre ans, mais ils semblent se connaître depuis si longtemps tous les deux. Au total, ils ont dû passer deux années entières ensemble, seuls, et parcourir plus de 10 000 milles. Il vivait en Inde et venait de quitter la marine marchande quand il a fait construire ce ketch en teck. Il l'a vu naître, ils ont traversé des tempêtes, ils sont suffisamment proches pour que le voilier accepte ce « bon vieux ».

Les spécialistes consultés sourient : ce bateau est trop petit et trop râblé pour un tour du monde sans escale. Si, de plus, il doit aller vite dans une compétition, il ne faut même pas y penser. Et alors ? se dit Robin, impassible. *Suhaili* est costaud, fiable, il a prouvé qu'il ne craint ni le gros temps ni la pétole. Il est limité techniquement ? Laissons à d'autres les multicoques et les rêves d'innovations futuristes. De nouvelles voiles, un gréement revu et amélioré, quelques réparations, des vernis tout neufs, l'installation du régulateur d'allure[1] et le bon vieux compagnon sera prêt pour l'aventure, la vraie.

Parfois, Robin Knox-Johnston repense à ce 17 mars 1968 quand, à l'heure du café matinal et des œufs brouillés, il découvrait dans le *Sunday Times* que son rêve ultime allait se transformer en course. Il n'a pu s'empêcher de laisser échapper un juron, sans se soucier de sa fille qui coiffait sa poupée dans un coin du salon. Ce sentiment, confirmé là, à la une, sous ses yeux, qu'il avait raté sa chance... Il savait bien que d'autres partageaient ce rêve de tour du monde en solitaire, mais de là à imaginer qu'ils en feraient une compétition... Lui-même travaille à ce projet depuis des années et s'il n'avait pas tant tergiversé, s'il avait tout de suite effectué les transformations nécessaires pour partir avec *Suhaili* au lieu

1. Ancêtre des systèmes de pilotage automatique, grâce auquel le voilier peut tenir son « allure » (écart par rapport à la direction du vent), permettant au marin de lâcher la barre et de se reposer un peu. À la différence des pilotes automatiques modernes, qui gardent un cap fixe selon le compas, les régulateurs sont mécaniques et se règlent avec une ailette ou girouette. Si le vent change de direction, le voilier aussi.

de chercher à construire un nouveau bateau, il serait en mer depuis longtemps. Seul face à son défi. La course n'aurait pas lieu d'être.

Il a replié le journal, a filtré un nouveau café, pensif. Sa fille est lancée dans une très sérieuse discussion avec sa Barbie. Un picotement dans la nuque. Un début d'excitation. « Moitessier va sûrement se lancer... Il ne va pas aimer l'idée de compétition, mais ne renoncera pas à son tour du monde. Avec ce drôle de règlement, il se retrouvera en course, qu'il le veuille ou non... » À l'idée de défendre l'honneur de la marine britannique, Knox-Johnston a senti ses favoris frétiller. Oui, on peut être aventurier, compétiteur et patriote à la fois.

Depuis ce dimanche-là, il n'a plus qu'une date en tête : le 1er juin, jour d'ouverture de la course. Il doit être le premier à partir, question de fierté. Ce tour du monde est le sien. Personne ne le veut aussi fort que lui. S'ils savaient, tous, à quel point son image de gentleman l'amuse... Ils ne voient pas la détermination derrière le sourire, l'obstination derrière la douceur du regard. La hargne, même.

À la mi-mai, Robin Knox-Johnston et son équipe doivent se rendre à l'évidence : *Suhaili* ne sera pas prêt le 1er juin. Le brave bateau continue de se refaire une beauté aux Surrey Commercial Docks, où chaque jour révèle un nouveau détail à régler. En marin consciencieux, Robin Knox-Johnston ne fait confiance à personne et encore moins au hasard. Il contrôle lui-même la moindre vis, le moindre écrou. Et deux fois, trois fois plutôt qu'une.

L'un de ses principaux soucis concerne le régulateur d'allure : il est indispensable pour une telle aventure, mais *Suhaili* n'est pas conçu pour en recevoir un. Il faut donc imaginer et bricoler un système, sous les commentaires goguenards des marins venus des cargos voisins pour essayer de comprendre ce que fabrique ce sympathique navigateur sur son petit voilier.

Il a calculé l'ensemble des provisions nécessaires pour les 300 jours que doit durer son tour du monde. Des kilos de corned-beef, de ragoût, de saucisses, de haricots, de lait concentré, de fruits, de confiture, de sachets de thé (Earl Grey, menthe, camomille, verveine...). Il a enlevé les étiquettes, qui ne supporteraient pas l'humidité, de plus de 1500 boîtes de conserve et les vernit à la main afin d'éviter la rouille. Il choisit ses lectures, *Guerre et Paix*, *Crime et Châtiment*, du sérieux, du lourd, des manuels de philosophie, de mathématiques, de physique, de théologie. Rien sur la mer et les marins. Il plie soigneusement ses vêtements, dresse la liste des maladies et blessures imaginables, avec, en face, écrit en rouge et en majuscules, le nom du médicament correspondant qu'il lui faudra encore se procurer.

Il essaie de se raisonner et de se convaincre que ça y est, il est prêt, qu'il arrive un moment où il faut se lancer. Il rajoute sur sa liste de choses à acheter une pièce de rechange pour la radio, une autre pour le régulateur d'allure. Des mouchoirs, des fusées de détresse supplémentaires, des agrafes. À la dernière page de son carnet relié de cuir noir, il écrit : « Penser à revérifier le sextant. »

Le samedi 1er juin, quand le journaliste du *Sunday Mirror*, son principal sponsor, lui apprend que John Ridgway a pris la mer ce jour même et que Chay Blyth ne devrait pas tarder à le suivre, Robin comprend qu'il est temps de partir. Il pourrait passer encore des mois à tout vérifier, il ne serait pas mieux préparé.

Il s'interdit d'ouvrir un nouveau carnet.

Sa fille est occupée à consoler sa Barbie quand il l'embrasse sur la joue, deux jours plus tard, après une rapide étreinte à ses parents, émus comme jamais. Dans un crachin de printemps anglais, sous le regard de dockers qui pensaient ne jamais voir s'en aller ce curieux voisin, Robin Knox-Johnston quitte les Surrey Commercial Docks pour rejoindre Falmouth, qu'il a choisi comme port de départ. Le journaliste et un photographe l'accompagnent : deux paires d'yeux supplémentaires ne sont pas de trop pour se frayer une route entre les cargos de la Manche. Et peu importe si ses deux passagers ont le mal de mer dès que *Suhaili* quitte l'estuaire de la Tamise.

À son arrivée à Falmouth, six jours plus tard, Knox-Johnston s'étonne de voir autant de journalistes et de curieux l'attendre au port, dans la brume et les rires des mouettes. Aux micros qui se tendent, il répète que non, il n'est pas encore tout à fait prêt, oui, il sait bien que deux concurrents ont déjà pris le départ, mais ce n'est pas grave, sur une course aussi longue, ces quelques jours peuvent facilement se rattraper, non, il n'a pas encore décidé du moment où il larguera les amarres, ça dépend de la fin des préparatifs et de la météo… Moitessier ? Ce sera sans doute son plus rude concurrent, absolument, un marin chevronné, à l'aise dans toutes les conditions, mais nous n'allons quand même pas laisser un Français nous…

Un pasteur l'attend sur le quai pour solennellement lui remettre une Bible, un armurier en profite pour soigner sa publicité en se faisant photographier au moment où il lui offre un fusil. « Au cas où ! Les requins, vous voyez... Ou les pirates ! » Robin Knox-Johnston ne sait pas trop que répondre et se contente d'accepter en souriant.

Il revérifie chaque écrou, chaque voile, resserre chaque vis, aligne ses boîtes de conserve, contrôle sa radio, son sextant, ses cartes, ses crayons. Le régulateur d'allure a parfaitement supporté ces premiers jours de navigation. Rassurant, même si longer les Cornouailles n'a rien à voir avec les conditions que *Suhaili* devra affronter là-bas. Après cinq jours au port, autant de courtes nuits et d'innombrables détails à régler, Knox-Johnston finit par se convaincre qu'il se sent prêt. La météo s'annonce clémente, l'agitation de Falmouth commence à lui peser, avec ces journalistes et ces touristes venus profiter du début de la belle saison.

Au Chain Locker où il s'autorise une pinte en guise d'au revoir à ses amis, un vieux marin – barbe en paille de fer et cigare poisseux de salive au coin des lèvres – l'apostrophe de sa voix cabossée :

– Tu ne vas quand même pas prendre la mer demain, l'ami... On sera vendredi.

Silence dans le pub, sourire de Robin. Il n'ose avouer qu'il n'avait même pas réalisé qu'on était jeudi et que, par tradition autant que par superstition, on ne quitte pas un port le vendredi. Ça ne se fait pas, c'est ainsi, pas besoin d'explication ni de justification.

– La météo est bonne, je suis prêt, je pars.

Le vendredi 14 juin 1968, Robin Knox-Johnston et *Suhaili* quittent le port de Falmouth, sous le soleil et dans une légère brise de nord-est. Tous ceux qui assistent au départ se souviendront de la drôle d'impression laissée par ce bateau trapu, son mélange de lourdeur maladroite et de puissance. Le journaliste du *Sunday Times* se surprend à penser : « Il est insubmersible... » Il n'osera pas l'écrire, de peur de lui porter malheur. Déjà que nous sommes vendredi... Il préfère insister sur un détail, en titrant son article : « Le marin à la Bible et au fusil est parti. »

Chapitre V

Plymouth, été 1968

Plymouth, d'abord, c'est les mouettes. Elles pouvaient bien rire au cul des bateaux, plumes au vent et pieds dans l'eau. Retour des chalutiers à morue le matin, rebuts de pubs en cascade le soir – un paradis entre terre et mer. Les mouettes s'attachent plus volontiers aux menus plaisirs qu'à la grande Histoire. Elles ne savent pas et c'est leur chance. Elles vivent.

Lui, Nigel Tetley, il étouffe un peu – une part de lui, tout du moins. Il a besoin de se défier, d'aller au bout de lui-même. Le tour du monde organisé par le *Sunday times*, c'est l'occasion où jamais de mettre du sel dans sa vie, de s'étourdir de cette mer qu'il adore et qu'il a trop peu affrontée. C'est dit, il participera au Golden Globe, quitte à tout miser... et à tout perdre.

Evelyn est une perle, d'ailleurs elle n'a même pas essayé de le dissuader. Elle enseigne la géographie et le connaît trop bien, son lieutenant de la Royal Navy. La retraite est à un an de là. La quille, la liberté d'aller tutoyer ses rêves pour de bon. Mais une année, même avec la possibilité de la ramener à sept mois, c'est trop long pour lui. Puisque personne ne lui a filé un radis pour un nouveau bateau, puisqu'il va devoir faire avec les moyens du bord, il va prendre la mer sur son bon vieux *Victress*, autrement dit la maison.

Victress, c'est là qu'ils vivent, c'est là qu'ils s'aiment. Alors Evelyn travaille avec lui, parfois jusque tard le soir pour préparer leur trimaran qui va devenir le sien. Oui, il se tire avec sa maison sur le dos. Sans regarder derrière. Sans penser à l'après. Il y a trop à faire, trop à peaufiner pour que le voyage ne se résume pas en un aller simple vers la mort.

Car si *Victress* est un bon bateau, bien pensé, bien conçu, on imagine alors qu'un trimaran ne survivra pas aux mers du Sud. Le pari est risqué, il y a même un petit côté roulette russe à l'affaire. Mais si Nigel Tetley est capable de miser gros, il n'a rien d'un écervelé. Il se connaît, il a eu l'occasion d'éprouver sa résistance, sa force mentale dans l'armée. Il se sait capable de prendre les bonnes décisions, d'aller jusqu'au bout. De gagner.

Plymouth, fin du printemps 1968. Les concurrents les plus renommés du Golden Globe vont converger vers la mythique ville portuaire du sud de l'Angleterre. Bill King et Bernard Moitessier en tête. Nigel Tetley, lui, n'a pas même à bouger. C'est là que mouille son rapide et dangereux trimaran. Il a quelques semaines pour le rendre plus sûr, sans rien perdre en vélocité. Alors, avec Eve, il travaille comme un fou, il améliore tout ce qui peut l'être, à en oublier que l'avenir existe.

À Plymouth, qu'on soit au Barbican, le port historique où d'ancestrales bicoques semblent se demander comment elles tiennent encore debout, ou à Millbay Dock (le port militaire où mouille *Victress*, où *Joshua* puis *Captain Brown* viendront le rejoindre), la mer, on ne la voit pas. Plymouth est une niche, un creuset. D'un bras à l'autre, on la sent, on la devine, on sait qu'elle est là. Tout tourne autour de la mer, les enseignes d'estaminets (The Navy, The Dolphin, The Crown and Anchor, The Ship...), la vie, toute l'économie. Mais il faut aller la chercher. La prendre.

C'est ici, le 11 juin 1583, qu'appareille pour la première fois sir Humphrey Gilbert, premier de la liste, grand amateur de nouvelles terres au point d'en devenir le « père de la colonisation britannique » sur cette plaque commémorative rigolote comme un matin blême. C'est d'ici que, le 16 septembre 1620, les Pères pèlerins lancent leur *Mayflower* sur les flots. Captain Tobias Furneaux, premier Britannique à poser le pied en Tasmanie (1773), Captain John MacArthur, l'homme qui a introduit le mérinos en Australie (fin XVIIIe), sont des enfants du cru tout comme, *last but not least* car elle est longue, Captain William Bligh, cuisinier du Captain Cook avec qui il partage les expéditions de 1772 et 1779, futur survivant plus ou moins glorieux de la mutinerie du *Bounty*. Et puis c'est ici que sir Francis Chichester a bouclé la boucle. Ici sans doute qu'il a imaginé cette course. Un tour du monde, c'est forcément partir de Plymouth pour revenir à Plymouth. Nigel Tetley n'a même pas songé qu'il pouvait en être autrement. L'histoire ne peut que commencer ici.

Du jour où Moitessier pointe le nez de sa coque rouge à Plymouth, début juillet – les autres rappliqueront dans les semaines suivantes –, Tetley comprend mieux, à défaut de son sens réel, la nécessité du départ. Il n'est plus seul dans sa folie et c'est bon.

Mais il est encore un peu réservé, Nigel, il se fait tout penaud devant Moitessier, alors qu'il a le poitrail et l'allure du marin, alors qu'il a le geste sûr et les idées claires. Seulement, la mince et grande silhouette de Moitessier, ses pieds qui caressent le pont, ses gestes qui semblent naître à l'intérieur de lui-même, sa façon mystique, quasiment religieuse, de dire la mer, en intimideraient plus d'un. Alors Tetley baisse les épaules, se fond dans le rôle de l'élève admiratif.

Le plus curieux, il l'apprend au hasard d'une conversation, c'est qu'il est de quelques mois plus vieux que Moitessier qui lui paraît mille fois plus expérimenté que lui. Mais au fil des mots, les rapports se tissent, aidés par Evelyn, encore elle, qui s'entend bien avec Françoise Moitessier. Ce sont les femmes qui facilitent la fraternité des mâles.

Pourtant, les rapports ne sont pas si complexes. Bernard Moitessier n'a rien à cacher à celui qu'il ne considère pas comme son concurrent. Quand il évoque la course, ses options, la manière dont il prépare son bateau, il joue cartes sur table. Il avoue ses doutes, il veut même connaître l'avis de Nigel sur des questions pratiques, il écoute tout ce qu'on veut bien lui dire. Tetley s'imaginait que le Français serait un monstre d'arrogance, une espèce de yogi distillant sa science sans tenir compte des autres. Il commence à prendre ses aises face à cet homme qui le considère comme un de ses semblables, comme si la mer rendait les hommes égaux.

Et puis arrive Loïck Fougeron. Une vieille connaissance de Moitessier. Tetley s'imagine qu'il sera exclu, rejeté loin de la complicité des baroudeurs. À nouveau, il se replie. À nouveau, Eve doit faire les premiers pas à sa place. Mais la gêne fond plus vite, et une belle fraternité va naître sur le port, en grande partie alimentée par la boustifaille. Bernard et Françoise, Loïck, Nigel et Evelyn se retrouvent très régulièrement le soir. On se flatte la panse, on boit un verre, plusieurs. Moitessier est un ascète sur son bateau, mais il sait se laisser aller en présence d'autres humains.

On évoque finalement peu le passé, les triomphes d'antan, les souvenirs du cap Horn, de telle vague traîtresse, de telle houle dévastatrice. C'est la course qui vient et qui prend toute leur énergie. Ce sont les bateaux à quai sur lesquels on se penche et l'on s'épanche. Tetley comprend qu'on ne peut jamais préparer idéalement un bateau, qu'il reste toujours à faire, et encore plus à apprendre.

On parle câbles et Dermophil Indien, ciment à prise rapide, plâtre et argile. On discute des objets utiles, du nécessaire à emporter. Et puis, les verres aidant, on se surprend à évoquer des conserves d'oie et de lièvre (les verdoyantes Cornouailles ne sont pas loin), de boîtes de moules et de pâtés de saumon, de juteux pamplemousses et de petits oignons violets du Maroc. On se serre les coudes en se faisant plaisir. On reprend un verre avant les rigueurs de la mer.

Ils sont quatre à Plymouth. Il y a Bill King aussi. Il est différent. Courtois, serviable même au moment d'échanger tel ou tel tuyau, mais différent. Les trois autres mouillent à Millbay Dock, lui dans l'enceinte de l'arsenal. Pas reclus, mais à distance raisonnable. King est un ancien héros de guerre, le seul homme à avoir commandé un sous-marin du premier au dernier jour de la World War II. Sa femme, Anita Leslie, cousine de Winston Churchill, ne lui cède en rien sur la bravoure. Elle fut conductrice d'ambulance en Syrie, au Liban, au plus près des lignes de front. Elle se distingua dans le transport de blessés peu après le Débarquement et reçut la Croix de Guerre en 1945 des mains de Charles de Gaulle.

Pour le périple, King embarquera la Bible, le Coran et Tolstoï (Moitessier a *Les Racines du Ciel* et *Terre des Hommes)*. Sous ses airs martiaux, King jure comme un charretier et, quoique végétarien, ne crache pas sur la gauloiserie, tant mieux, mais ça ne comble pas toutes les différences. Car il y a un autre truc qui sépare King des autres : eux pensent au départ, lui est déjà focalisé sur l'arrivée. Il veut gagner la course, eux veulent la vivre.

Et les mouettes rigolent au vent, le vent chasse ou draine les nuages, vitesse grand V, les nuages essaient de remplir le ciel, n'y parviennent pas toujours, mais presque. Entre deux percées bleues, le gris du ciel donne au port des airs de mine, dont on se sortira à l'aide d'un Plymouth Gin. La distillerie briques et faïence, fameuse, trône au cœur du Barbican.

Dès qu'on quitte le port, les maisons se tiennent par la main, jumelées à l'infini, trouvent leur identité dans une inquiétante unicité. Mais les marins ne voient pas Plymouth. Ils ne sont pas comme les autres. Et lui, Tetley, n'était pas vraiment comme eux. C'est aussi pour ça qu'Eve était tombée amoureuse au premier regard, dans un pub de la ville en 1967, lorsque des amis communs avaient insisté pour les présenter. Jackpot : un mois plus tard, ils étaient mariés, elle, vingt-cinq ans, avait quitté son nord-est natal pour croquer aux douceurs du sud, et lui, 43 berges, se tenait droit dans sa vie, au garde-à-vous devant l'horizon.

Eve ne souhaitait pas crécher au quartier des officiers. En échange, elle avait accepté sans sourciller la présence de Philip et Mark, les deux grands fils de Tetley. *Victress* comme cadre familial. Une vie que Nigel peut modeler au plus près de ses rêves. Cette femme est une merveille. Pourquoi les quitter, elle et leur amour si frais ? Avec la maison familiale sur le dos ? Pourquoi ? Nigel est coupable avant même de prendre la mer. Mais il ne veut pas le voir, il en est à ses rêves. Il peaufine son bateau avec les autres, comme les autres. Entre rivalités et mains tendues. D'ailleurs, il y a plus de mains tendues que de rivalités.

Un épisode touchant entre Moitessier, qui cherche la paix via cette épopée, et King, qui partirait plutôt en guerre. Dans un accès de franche camaraderie, le second livre un truc décisif au premier, qui l'adoptera avec bonheur : la ligne de vie. Un câble de cinq millimètres d'épaisseur, sur les deux bords du voilier, à plat pont, qui permettra de s'y harnacher et mieux manœuvrer quand la mer grondera. Conclusion de cet épisode, King a un cœur et Moitessier s'en émeut. Plymouth, magique, arrivera même à faire oublier à Moitessier sa rancœur envers le *Sunday Times*.

Il est prêt. Moitessier, encore plus obsédé que les autres à l'idée de faire perdre du poids à son bateau, l'a amaigri plus qu'il ne semblait possible. Les marins ont des gris-gris, des objets auxquels ils tiennent, des bouteilles chaleureuses pour se consoler de la solitude. Moitessier n'a pas besoin de cela. Il boute hors de *Joshua* tout ce qui n'est pas utile à la progression du bateau. Il n'en voudra toutefois pas à Jean Knocker, l'architecte de *Joshua*, qui lors d'une escale à Plymouth glisse en douce trois bouteilles de champ', à ouvrir après avoir avalé chacun des trois caps. Pour le reste, il ne cédera sur rien, n'emportera pas même une radio pour communiquer avec l'organisation. Il s'en fiche. Les oracles sont avec lui.

Pour *Victress*, les présages sont moins bons : il a fraîchement été réparé par un fabricant de cercueils. Et dans les pubs, on évoque un autre trimaran, mis au point par un inventeur génial, un ingénieur capable d'en remontrer aux marins. Un certain Donald Crowhurst. Nigel ne sait pourquoi, il éprouve un malaise face à ce concurrent-là. Parce que leurs bateaux se ressemblent trop. Parce que l'histoire de ce Crowhurst, son originalité, semble déjà le rejeter dans l'ombre.

Le 22 août, Moitessier et Fougeron s'en vont. Ensemble. Même si *Joshua* prendra rapidement ses distances avec *Captain Brown*. Bill King va leur emboîter le pas. Il est nerveux, tout à sa course. Nigel Tetley se sent moins à son aise avec ce compatriote qui ne dit plus rien, qui paraît aspiré par son destin, qu'avec ces deux beaux parleurs de Français se moquant de la gloire comme d'une guigne.

Bill King quitte Plymouth le 24 août. Le port est désormais vide des grands aventuriers. Les connaisseurs se demandent qui de King ou de Moitessier va remporter la mise. Ils n'ont plus guère d'intérêt pour celui qui reste. Eve a la main bien serrée dans la sienne. Nigel se dit que si elle y croit, rien ne peut lui arriver.

Trois semaines passent. Des détails à régler, des améliorations infimes qui changent tout. On lisse le profil de *Victress* autant que possible. Et Nigel Tetley prend la mer, bon dernier, dans un presque anonymat, le 16 septembre 1968. Ultime combattant de la confrérie de Plymouth. Le port est encore là, juste derrière. Nigel Tetley se retourne une dernière fois vers les siens. Il inspire, il ferme un instant les yeux, comme s'il se rendait compte de tout ce qu'il a mis sur la balance.

Eve, sa douce, sa merveilleuse, Eve n'a plus de maison. Elle devra se débrouiller le temps d'un tour du monde avec les moyens du bord. Les mouettes en rient encore.

Chapitre VI

Dépêche ATS du 17 septembre 1968

Entre abandons et départs en pagaille, la compétition organisée par le* Sunday Times *risque de virer à la cacophonie.

Les participants du Golden Globe Challenge continuent à partir au compte-gouttes. Hier, le lieutenant Nigel Tetley s'est élancé de Plymouth, sur son trimaran *Victress*. Inconnu dans le monde de la navigation, Tetley n'a pas attiré les foules. Il se murmurait même sur le port que de s'élancer ainsi à la conquête des océans sur un bateau pourvu de trois coques s'apparente à une folie pure. Ainsi, parmi les badauds que nous avons pu interroger, moins d'un sur dix estimait que Tetley pourrait boucler son aventure.

Curieuse épreuve tout de même que ce Golden Globe Challenge. Ces départs étalés sur des mois nuisent à la lisibilité de la course. Ainsi, John Ridgway, et Chay Blyth, les premiers concurrents à prendre la mer (et malheureusement pour eux, les premiers à se retirer de la course), se sont élancés au début du mois de juin, et il se dit que le mystérieux Donald Crowhurst, un inventeur auquel certains prêtent du génie, ne pourra larguer les amarres avant la mi-octobre. Comment dès lors s'y retrouver et juger la performance des uns et des autres ?

Deux prix qui prêtent à confusion

Les deux prix, dont 5000 livres, promis par le *Sunday Times*, organisateur de l'épreuve, prêtent également à confusion. Est-il plus important d'être le premier à boucler un tour du monde ou de réaliser l'exploit le plus rapidement possible ? Il semble clair, aux yeux des observateurs, que le premier marin à boucler un tour du monde en solitaire sans escale aura la faveur des livres d'histoire. Et tant un Bill King qu'un Bernard Moitessier, les deux favoris légitimes de l'épreuve, accordent plus d'importance à la réalisation de cette circumnavigation qu'au temps que celle-ci prendra. Moitessier refuse d'ailleurs fermement le terme de compétition, et ses relations avec la direction de l'épreuve ne sont pas au beau fixe.

Reste que ces déclarations d'intention ne doivent pas marquer l'essentiel. Chacun de ces marins sait qu'en regagnant un port anglais le premier, il inscrira son nom en lettres d'or dans l'histoire de la voile. Mais, dès lors qu'ils seront contraints de combler un retard de plusieurs semaines, voire de plusieurs mois, sur des concurrents a priori moins aguerris, mais ayant pris la mer plus tôt, ces compétiteurs d'exception ne seront-ils pas tentés de tout sacrifier à la vitesse, quitte à risquer leur intégrité et celle de leur embarcation ?

Les abandons de John Ridgway et Chay Blyth démontrent à qui en aurait douté que le défi est fort complexe à relever.

Il n'est pas impossible qu'aucun de ces étonnants aventuriers ne revienne à bon port. Et que le Golden Globe Challenge ne soit qu'un gigantesque coup d'épée dans l'eau.

Pour l'ATS
Simon Meier, correspondant à Plymouth

Chapitre VII

Il était là, parmi les 200 000, 300 000 peut-être un demi-million d'Anglais qui tentaient d'apercevoir le ciré jaune de Francis Chichester et les voiles, fatiguées mais fières, de son *Gipsy Moth IV*. Ce 28 mai 1967, dans le soleil couchant de Plymouth, Donald Crowhurst voulait lui aussi accueillir le héros du premier tour du monde à la voile. Plus tard, des témoins affirmeront avoir entendu le timide ingénieur-électronicien claironner : « Il l'a fait à soixante-cinq ans, alors qu'il navigue depuis à peine plus de dix ans, je suis sûr que l'on peut faire mieux. »

Faire mieux… L'idée a commencé à lui ronger le cerveau, sans autre échappatoire qu'une allusion furtive, de temps à autre, devant Clare. Elle accueillait en souriant la nouvelle lubie de son mari. Elle n'a pas compris tout de suite que son doux Donald triturait trop ce rêve pour qu'il ne se transforme pas en projet. Il y voyait une aventure, bien sûr, comme il n'en a plus vécu depuis ses années d'armée, mais aussi une aide bienvenue pour son entreprise : ce tour du monde sans escale lui permettrait de démontrer la fiabilité de ses équipements électroniques. Publicité énorme garantie. « Tu as vu ces émissions à la télé, ces journaux et leurs éditions spéciales consacrées à Chichester… Ce n'est rien à côté de celles qui relateront la première circumnavigation sans escale ! » Il imagine déjà le nom d'Electron Utilisation s'étaler partout. À trente-six ans, il est temps aussi de briller en héros aux yeux de ses quatre enfants.

Comme Francis Chichester, Donald Crowhurst a une formation de pilote d'avion. Comme lui, il connaît le risque, l'aventure, la discipline, la souffrance, l'endurance. La mer ? Oui, évidemment : il navigue depuis des années, le week-end, en famille. Il lui est même arrivé de passer une nuit sur un bateau loué pour l'occasion. Il a expérimenté la sensation de dormir bercé par les flots. Une seule nuit ? Et alors ? Les autres vaudront bien celle-là.

Durant des mois, Donald Crowhurst apprend à se convaincre qu'il peut le faire. Il se répète les mots qui disent que c'est possible : Chichester est un quasi-vieillard et la technologie lui viendra en aide. Avec ce sourire dans l'œil qui séduira les sceptiques, il remplit des tableaux, établit des calculs, dessine des circuits électroniques. L'idée enfle et il suffira d'une pichenette pour qu'elle éclate, qu'elle se concrétise.

Nous sommes le 17 mars 1968.

Il ne rêve plus : son projet vient de s'officialiser en s'étalant à la une du *Sunday Times*. Cette course, c'est ce qui lui manquait pour convaincre des partenaires. Clare sursaute à son cri de joie. Jamais elle n'oubliera le visage de son mari, ce matin-là, et cette pensée fugace qui s'est formée dans son esprit : il brille de l'intérieur. Et cette autre, plus diffuse : rien ne l'arrêtera.

Le temps presse. Il n'a pas de bateau, alors que d'autres concurrents sont quasiment prêts à partir. Mais il ne manque ni d'idées ni d'audace : puisque Francis Chichester, trop âgé, ne participera pas à la course, pourquoi ne pas demander si *Gipsy Moth IV* est disponible ? Le ketch a vécu un tour du monde et en porte les cicatrices, mais quelques semaines de ravalement et il sera prêt à retourner là où il a écrit sa légende.

Sauf que le vénérable voilier doit être exposé à Greenwich. Il est devenu une triste pièce du National Maritime Museum, et une pièce de musée n'a plus rien à faire avec l'aventure. Donald Crowhurst découvre les limites de son pouvoir de persuasion.

Qu'importe. L'ingénieur visionnaire lit dans ce refus un signe qui l'encourage à puiser dans son imagination. Le bateau idéal, il va l'inventer, et, comme il y a urgence, il opte pour un trimaran, plus vite construit qu'un lourd monocoque. Et plus rapide sur les flots : avec un départ à l'automne, alors que les autres en seront peut-être à mi-parcours, le trophée du premier homme à achever le tour du monde est hors de portée, mais le tour le plus rapide, ça, il peut le faire. La prime de 5000 livres sera bienvenue pour relancer les affaires.

Un multicoque, il lui faut un multicoque.

Il l'a lu dans des magazines spécialisés : légers et confortables, ces bateaux d'un nouveau genre sont l'avenir de la voile. Il se souvient d'une interview d'un surdoué français, un certain Éric Tabarly, qui ne jure que par eux. Il ne manquait pas de préciser qu'ils ont un inconvénient : s'ils se retournent, ils ne se redressent plus.

– Mais regarde, j'ai trouvé la solution…

Grâce à des capteurs électroniques, un flotteur se gonflera

si le degré de gîte devenait dangereux, empêchant le trimaran de chavirer.

– À mon retour, je lancerai la commercialisation de ce dispositif, qui deviendra le fleuron d'Electron.

Devant l'enthousiasme de son mari lui présentant les schémas de son invention, Clare se dit qu'elle a de la chance d'être tombée amoureuse de cet homme.

Une fois lancé, Donald Crowhurst avale tous les problèmes dans une euphorie sans nuage. Stanley Best, un homme d'affaires qui a investi dans l'entreprise Electron Utilisation, accepte de parrainer la construction du bateau, à la condition qu'ils signent un pacte : en cas d'abandon, le marin devra rembourser le coût du voilier. Crowhurst n'hésite pas. Qu'est-ce qui pourrait l'empêcher de terminer la course ? Pour l'aider à réunir d'autres sponsors, il s'adjoint les services d'un truculent attaché de presse, Rodney Hallworth, qui le convainc de partir de sa petite ville, Teignmouth, dans le Devon.

– Je te garantis que les entreprises locales te soutiendront. Et j'organiserai une fête grandiose pour ton départ.

Avec le choix de ce port de départ, son trimaran a trouvé son nom : *Teignmouth Electron*.

Le 23 juin, le *Sunday Times* annonce que Nigel Tetley, lieutenant de la Royal Navy, veut se lancer à son tour dans le Golden Globe. La nouvelle encourage Crowhurst : Tetley naviguera sur *Victress*, précise le journal, un trimaran construit selon les plans de l'Américain Arthur Piver, pionnier des multicoques. Comme *Teignmouth Electron*.

– Mais le mien sera plus rapide, j'y ai ajouté des inventions de mon cru, explique-t-il à Clare et aux enfants.

Clare lui fait remarquer le retard qu'il est en train de prendre sur les concurrents. Il n'entend pas. Dans la voix, il a l'assurance d'un rêve en train de s'accomplir.

En réalité, les délais, déjà courts, deviennent impossibles avec ses modifications, ses inventions, ses ajouts d'électronique. L'automne arrive quand Crowhurst doit se rendre à l'évidence : il faut mettre le bateau à l'eau, le conduire de ses ateliers de Brundall à Teignmouth, où l'on se débrouillera pour finir de le préparer. Le 23 septembre, le baptême rituel marque la naissance officielle du trimaran : Clare est chargée de lancer la bouteille de champagne contre la coque. Le magnum ne se brise pas.

Il a prévu trois jours pour mener son trimaran à Teignmouth. Il lui en faudra treize. Rien ne fonctionne, rien n'est prêt. Crowhurst n'a jamais navigué sur un trimaran. Il a le mal de mer et se rend compte que son bateau, au près, se traîne. Ses colères effraient les deux associés venus l'assister dans ce voyage inaugural. Ils profiteront d'une des nombreuses escales pour débarquer et le laisser rentrer seul au port, épuisé, le regard pour la première fois voilé par le doute. Treize jours pour 300 milles, soit une moyenne de 23 milles par jour. *Teignmouth Electron* avance peu et mal, Donald Crowhurst manœuvre beaucoup et mal. L'homme et le bateau se sont flairés, ont essayé de faire connaissance, mais ne sont pas parvenus à se dompter. Peut-être ne sont-ils pas faits l'un pour l'autre.

Pas le temps d'y penser, pas le temps de ruminer. Une fois arrivé à Teignmouth, il reste seize jours avant la date limite du départ. Seize jours pour finir de préparer le bateau, rassembler la nourriture et tout le matériel à emporter pour un an de mer, effectuer les tests et réglages... Non, pas le temps pour les tests et réglages.

Seize jours et des milliers de choses à faire. Tout le monde s'y met, les employés de l'entreprise, la famille, les amis que Rodney Hallworth a rameutés. Une équipe de la BBC, débarquée de Londres, filme les ultimes préparatifs du dernier concurrent à prendre la mer pour le Golden Globe, alors que Moitessier a déjà franchi le cap de Bonne-Espérance. Effarés par le chaos qui submerge le petit port de plaisance, journalistes et cadreurs finiront par poser leurs caméras pour venir en aide à ce drôle d'aventurier.

En interview, Donald Crowhurst donne le change. Le regard suinte l'optimisme forcé, mais la voix reste posée. À peine la séquence tournée, il reprend sa liasse de feuilles humides, couvertes de calculs, de schémas, de listes que lui seul peut comprendre. Au fil des semaines, il a pâli, il sent la sueur dans la bruine de ce début d'automne. Poussé par l'adrénaline du désespoir, il marmonne des ordres, se contredit, passe du quai au pont, revient, repart, demande qu'on aille acheter des piles, des vis, des lames de rasoir, des chaussettes, des gants, des boîtes de conserve, des casseroles, des stylos, des fusées de détresse, un harnais, des gilets de sauvetage, des boulons, une scie à métaux. Rodney Hallworth entasse les dons en nature des commerçants du coin, bouteilles de sherry, buns et jambon sous vide. On jette le tout sur le quai, dans des caisses de bois que l'on finira par oublier. Sur le pont gisent des mètres de câbles électriques, raccordés à rien, dont personne ne semble connaître la fonction.

Il reste dix jours, puis neuf, puis une semaine… Il faut absolument un essai en mer. Le cockpit fuit, les voiles ne sont pas réglées, *Teignmouth Electron* n'avance pas. Il n'est qu'un radeau inerte flottant mollement à quelques longueurs du rivage. Crowhurst sourit au cameraman de la BBC qui l'accompagne dans cette sortie. Il se dit ravi d'avoir eu l'occasion de résoudre les derniers problèmes. Mais le journaliste révélera plus tard, que, la caméra éteinte, il l'entendait murmurer, les yeux dans les flots gris : « ça ne va pas, ça ne va pas, ça ne va pas… »

La veille du départ, à l'Hôtel Royal où il loge depuis quinze jours, Donald Crowhurst prend un dernier repas avec son épouse et quelques proches. Il refuse la bouteille de champagne commandée par Rodney Hallworth, le seul qui a le cœur à fêter ce départ. L'attaché de presse détaille la liste des invités du lendemain et présente sa dernière idée : il aimerait faire monter Miss Teignmouth à bord du trimaran, jusqu'à la sortie du port, qu'elle quitterait ensuite d'un plongeon, devant les caméras. Le sourire morne de Crowhurst suffit à l'en dissuader.

Le repas achevé, tout le monde retourne au port, travaille jusqu'à 2 heures du matin avant d'aller se coucher quelques heures. Il restera tant à faire, dès l'aurore.

Et là, dans cette chambre qui sent les embruns, alors que s'éloignent les rires des derniers soiffards du port, Donald Crowhurst craque. Il n'est pas prêt, le bateau n'est pas prêt, il n'y arrivera pas, il ne peut pas partir, il ne doit pas partir, la course est trop grande pour lui, c'est une folie. Le dit-il aussi clairement ? Le suggère-t-il en attendant un mot, un geste, un réconfort de son épouse ? Il a toujours affirmé qu'il irait jusqu'au bout et Clare s'est habituée à lui faire confiance. Son Donald est un têtu, un solide sous ses airs de tendre nounours, il ne renonce jamais. Ce soir, c'est différent, elle le découvre fragile et n'ose pas lui montrer qu'elle a vu sa faiblesse. Pâle, en sueur, il conclut son monologue ainsi :

– Si je pars dans ces conditions, comment pourras-tu vivre avec cette inquiétude ?

Elle ne trouve pas les mots qu'il espère et répond par une question :

– Si tu ne pars pas, pourras-tu vivre avec ce regret ?

Il pleure toute la nuit. Elle lui caresse les cheveux.

Il pleut, ce 31 octobre 1968. De cette pluie fine et froide qui vous fouaille le visage alors que vous la voyez à peine. Son ciré jaune trop large tirebouchonne au-dessus de ses bottes neuves. Des caisses sont balancées à bord, en vrac, d'autres restent à quai, il n'est plus temps de trier, de toute manière personne ne sait vraiment ce qu'elles contiennent. Les curieux, les amis, les journalistes sont là, Rodney Hallworth pérore sur des préparatifs menés « tambour battant » et sur « l'engagement exemplaire de toute une équipe qui a travaillé d'arrache-pied pour préparer un bateau révolutionnaire en un temps record ». Au pêcheur buriné qui fait remarquer que rien n'est rangé à bord et que son marin n'a guère pu tester son bateau, il rétorque que la volonté, la jeunesse, l'inventivité vont compenser le manque d'expérience.

– Nous misons sur l'innovation et vous serez bien obligés de reconnaître que nous avions raison.

Le pêcheur jette son mégot et se penche vers son plus

vieil ami pour lui souffler que ce marin des villes, engoncé dans son ciré flottant, ressemble à un pingouin.

Donald Crowhurst embrasse sa Clare, lui demande pardon pour les larmes d'hier, alors que « tout ira bien, tu verras ». Il s'émeut de la fierté dans les yeux de ses enfants. Un signe de la main, déjà las, un « au revoir Teignmouth » et il hisse les voiles... qui se coincent. Au sommet du grand mât, les drisses s'emmêlent autour du révolutionnaire dispositif antichavirage. Le trimaran doit être remorqué, un employé du chantier naval grimpe au mât, Crowhurst replonge dans ses schémas et ses calculs, sans se soucier des rires édentés des vieux pêcheurs. Clare lui fait un signe rassurant, son plus jeune fils lui envoie un baiser.

À 16 h 52, dans le couchant grisâtre de ce début d'automne, *Teignmouth Electron* repart et franchit, au son du canon, la ligne de départ. Rodney Hallworth lance les applaudissements et les vivats. Clare et les enfants ont embarqué sur un canot à moteur pour accompagner Crowhurst sur le premier mille. L'équipe de la BBC filme le voilier qui se balance dans la houle couleur de mercure avant de s'éloigner lentement, presque douloureusement, au près serré. Personne, même les pêcheurs rigolards, n'ose exprimer à voix haute ce que tout le monde voit : il n'a pas pris le bon cap.

Chapitre VIII

Au final, ils seront neuf, neuf gars assez fous pour viser « la dernière conquête des océans » selon la formule lyrico-dramatique du *Sunday Times*. À son appel du 17 mars ont répondu des marins aguerris, des militaires méticuleux, des naïfs enthousiastes, des aventuriers sans peur – mais avec quelques reproches –, des poètes aux pieds nus. Et un chat.

Neuf inconscients qui veulent sentir le sel dans les cheveux et le vent sur les lèvres.

Neuf noms qui vont écrire l'histoire. Et parmi eux, quatre qui finiront par créer la légende.

En tête de page et de gondole se lit celui de Bernard Moitessier, l'homme appelé à devenir mythe, l'écrivain qui respire les océans avec un souffle de yogi, le marin au torse maigre, bâti pour se fondre dans les eaux comme un poisson. Moitessier le barbu romantique, qui explose de rage en apprenant que des marchands de papier ont transformé son rêve ultime de tour du monde en compétition. Rien que le mot lui donne la nausée. Il prend la mer le 22 août et le départ de la course par le même lever d'ancre. Pour se venger des voleurs d'idéal, mais surtout pour suivre le sien, il refusera de quitter les océans, adressant au lance-pierre un message lui aussi devenu légendaire. Il doit sauver son âme, écrira-t-il. Le dernier des SOS, en somme. *Save our souls*.

Avant son départ le 14 juin, des psychologues ont qualifié Robin Knox-Johnston, vingt-huit ans, de « désespérément normal ». Le diagnostic sera confirmé après l'arrivée. Parce que, oui, ce capitaine de la marine marchande arrivera. Il sera le seul. Un héros, un vrai, à bord de son *Suhaili* construit à la main en Inde. Robin Knox-Johnston sera le vainqueur de l'histoire. Il y prend sa place. Droit dans ses bottes.

Au chapitre des perdants magnifiques, Nigel Tetley écrira certaines des plus belles pages. Il a quarante-cinq ans, comme Moitessier, une carrière dans la Royal Navy et des années vécues sur son bateau, le mal nommé *Victress*, à bord duquel il prend le départ le 16 septembre. C'est donc sa maison qu'il devra abandonner dans une tempête du printemps 1969, au large des Açores. Étrange Nigel Tetley, à l'élégance soignée jusque dans les embruns, à la détermination farouche et aux repas à bord solennellement pris à table, le petit doigt en l'air sur ses couverts en argent, le sourire d'un vieux lord sur ses lèvres grasses. Du Mozart pour accompagner son faisan rôti.

La légende, c'est encore Donald Crowhurst, le plus inconscient de cette drôle de flotte. Cet ingénieur à l'enthousiasme contagieux refusera de voir dans son départ précipité le début d'un engrenage infernal. L'errance de Crowhurst dans l'Atlantique ressemblera à une fuite intérieure et l'amènera bien plus loin qu'il ne l'espérait. Appelons cela folie, le terme est commode, même s'il ne veut rien dire ici. Le doux, le souriant Crowhurst ira au-delà, dans des territoires connus de lui seul. Nous n'y sommes pas invités.

Et les cinq autres ? Prenons quelques lignes, au moins, pour se souvenir de ces assoiffés d'infini, vaincus par la mer, les tempêtes, la malchance, l'impréparation, le destin ou autre chose encore. Puis avalés par l'oubli.

Premier à se lancer, John Ridgway n'a pas encore trente ans et compte à son curriculum vitae une traversée de l'Atlantique à la rame, avec son camarade Chay Blyth. Leur périple, deux ans auparavant, s'est achevé à Inishmore, en Irlande, dans l'archipel d'Aran. Par superstition ou par fidélité pour cette île perdue et ses rudes habitants, c'est de là que Ridgway a décidé de prendre le départ du Golden Globe. À jamais le premier : il faisait partie de ces marins qui n'attendaient pas le *Sunday Times* pour tenter de relever le défi. Il était presque prêt, il avait prévu de lever l'ancre ce printemps-là, la course ne change rien à l'affaire. Le 1er juin 1968 à 11 h 38, ce capitaine de l'armée britannique quitte Inishmore devant les caméras de télévision. Trop près des caméras de télévision, d'ailleurs : un runabout de la BBC heurte son *English Rose IV* flambant neuf. Pas de dégâts, juste l'occasion pour Ridgway de démontrer que les marins connaissent des tombereaux d'insultes ignorées des simples terriens.

Après 27 jours de navigation où il s'efforce d'apprivoiser la solitude, John Ridgway atteint Madère et retrouve Bill Gardner, journaliste employé par son sponsor, *The People*. Leurs bateaux se rapprochent, Ridgway transmet des films photo et son journal de bord, Gardner lui remet en échange du pain frais et de la bière encore plus fraîche. Pale ale, il connaît ses goûts. Et un exemplaire du *Sunday Times*. C'est en le lisant, quelques jours plus tard, une fois reparti, que

Ridgway découvrira l'entier du règlement de la course, négligé dans l'excitation des préparatifs : rien, absolument rien ne peut être amené à bord après avoir franchi la ligne de départ. Ravitaillé par la bière et le pain, le voilà hors course et ses larmes n'y pourront rien changer. Il pourrait se taire, il devrait garder cette anecdote pour lui, après tout, seul Gardner est au courant, mais Ridgway reste un militaire sec et carré comme un ordre de marche. Il se sait incapable de tricher et ne pourrait vivre avec ce mensonge. La défaite honnête plutôt que la victoire honteuse.

Ridgway poursuit sa route quelque temps, que faire d'autre ? Jusqu'à ce que son *English Rose IV*, mal conçue, mal construite, lui annonce à coups de « craquements sinistres » – ainsi Ridgway les décrira-t-il plus tard – qu'elle n'en a plus pour longtemps. Le 21 juillet, Ridgway rejoint Recife, au Brésil, et devient le premier concurrent à abandonner, après six semaines de mer. Juste le temps de confirmer que, finalement, il n'aime pas trop ça, la mer. À moins que ce ne soit la solitude.

Avant son départ de Hamble, le 8 juin, une semaine après son camarade Ridgway, Chay Blyth avait navigué environ six milles en solitaire. Autrement dit, deux heures de plaisance, quelque chose du genre. Rien, quoi. Mais la traversée de l'Atlantique à la rame en duo l'a convaincu qu'il aurait les ressources pour une telle aventure. Ce sergent parachutiste de l'armée britannique se lance dans le Golden Globe comme dans un exercice de survie. Au courage, tête baissée, avec juste les habits qu'il porte sur lui, selon l'expression consacrée qu'il aime répéter, dès la troisième pinte. Avec aussi des kilos de Smarties et de panse de brebis farcie amoureusement préparée par sa jeune épouse. Mais ça, il ne s'en vante pas devant ses camarades de libation.

Quand un problème de gouvernail pousse ce marin débutant à faire escale à East London, en Afrique du Sud, un ancien camarade parachutiste le rejoint, bouteille de single malt à la main, bières dans le sac à dos. En attendant les pièces qui lui permettraient de repartir, fût-ce hors course, Chay Blyth et Chick Gough boivent beaucoup, rient souvent, retiennent quelques larmes aussi, en pensant au pays, aux femmes qui les attendent, aux enfants qu'ils espèrent avoir un jour, aux pubs qu'ils se réjouissent de retrouver. Blyth tentera bien de repartir, mais une tempête le ramènera à la raison et vers Port Elizabeth, le 19 septembre. Il aura découvert la mer en trois mois, bien assez pour comprendre que la navigation lui convient et qu'il se sent à l'aise face à lui-même. Trois ans plus tard, Chay Blyth établira le record du tour du monde à la voile en solitaire. « À l'envers », parce qu'il n'y a pas de raison de faire comme tout le monde et que la route normale lui semblera désormais trop facile : il prendra la route d'est en ouest et réussira sa circumnavigation en 292 jours.

Comme son ami Bernard Moitessier, Loïck Fougeron prend le départ de Plymouth, le 22 août. Ils se sont préparés ensemble, avec l'intention de ne pas laisser les Britanniques seuls en route vers l'exploit. Ce Breton, ancien militaire et dirigeant d'une entreprise de cyclomoteurs à Casablanca, restera le plus secret des concurrents du Golden Globe. Il passerait pour le moins pittoresque, s'il n'avait eu la drôle d'idée d'emmener un chat avec lui, baptisé Roulis. Fougeron a bien l'intention de lui offrir un tour du monde et de lui apprendre qu'il n'a aucune raison de craindre l'eau froide, sauf que *Roulis* est en réalité une chatte et qu'elle aura la drôle d'idée de donner des petits. Le marin aurait pu les jeter à la mer, sans que personne n'en sache rien, mais il préfère abandonner ce petit monde au Cap-Vert. Sans jamais avouer qu'il a dû se retenir pour ne pas verser une larme. Loïck le tendre poursuivra sa route quelques jours, cette fois-ci en vrai solitaire, avant de se prendre une tempête en pleine trogne. Ce 31 octobre, Fougeron s'est vu mourir et, tout surpris de découvrir que ce n'était pas l'heure, il a préféré s'arrêter là.

De cette première expérience en solitaire, il gardera une obsession pour le cap Horn : « Il reste le Horn, et pour lui seul, je repartirai. Je m'y présenterai sans parcourir d'abord cette longue route qui vous tue. Et cette fois, avec l'aide de Dieu, je réussirai », écrira-t-il dans son livre *Si près du cap Horn*, paru en 1974. Il le franchira deux ans plus tard.

Ce même 31 octobre, la même tempête mettra aussi fin à la course de Bill King, parti de Plymouth le 24 août. Comme Moitessier, comme Ridgway, cet ancien commandant de sous-marin britannique, vétéran de la Seconde Guerre mondiale devenu fermier, n'avait guère apprécié que le *Sunday Times* transforme en course son rêve de tour du monde. Il s'y préparait de longue date, et voilà qu'un vulgaire journal ajoute encore de nouveaux concurrents. Comme si l'océan pouvait prendre des airs de circuit automobile. Il y a même des Français, *for Christ's sake!* À cinquante-sept ans, Bill King est le plus vieux participant du Golden Globe et l'un des marins les plus expérimentés. Avec Moitessier et Knox-Johnston, il faisait partie des favoris, mais sa course ne durera guère : son *Galway Blazer* chavire au matin du 31 octobre et se révèle trop amoché au moment où il finit par se retourner. King doit se résoudre à rejoindre, tant bien que mal, Le Cap, comme Fougeron. Plus tard, il repartira et réussira son tour du monde en solitaire, avec escale, en 1973, loin des courses et à l'abri de la célébrité. Il mourra paisiblement, plus que centenaire, en 2012, avec dans la tête le hurlement des vagues et les rires des fous de Bassan.

Il en reste un, l'inattendu Alex Carozzo. Personne n'a vu venir ce solide Vénitien de trente-six ans, marin averti, fort d'une traversée du Pacifique en solitaire. Lui-même se décide au dernier moment. Quand son oncle d'Angleterre lui envoie un exemplaire du *Sunday Times*, Alex le taiseux se dit qu'il n'a rien de mieux à faire, cet automne-là, et se met en tête de construire un bateau. Le 31 octobre, dernier délai pour prendre le départ de la course, son *Gancio Americano* n'est pas prêt et peu importe. Contrairement à Crowhurst, Carozzo a la sagesse de mouiller au large de l'île de Wight pour terminer les préparatifs. Pas une escale au sens propre, puisqu'il ne met pas le pied à terre. Il est en course, immobile. Il sait qu'il ne pourra pas être le premier à boucler le tour du monde, mais il espère devenir le plus rapide. Il lui faudra presque une semaine avant de prendre le large pour de bon. Mais le stress du départ lui a rongé l'estomac : à peine a-t-il atteint le golfe de Gascogne qu'il se met à cracher et à vomir du sang. Ulcère. Une explosion dans le bide. *E che cazzo ! Porca miseria !* Et tutti quanti. Sa course ne durera que quelques jours. Alex Carozzo rejoint Lisbonne et l'hôpital le 14 novembre, moins de deux semaines après son départ. *Non posso farci niente !*

Aux dernières nouvelles, ce pionnier italien de la course au large, ce grincheux presque nonagénaire qui a lutté contre les vents et vaincu les océans, triomphait d'un ennemi autrement plus sournois, baptisé COVID-19.

Nous sommes le 14 novembre 1968. Avec l'abandon de Carozzo, il reste quatre marins en course, les voiles gonflées par la légende qu'ils se mettent à écrire.

Chapitre IX

Océan indien, septembre-octobre 1968

Je me sens comme si je venais de passer dix rounds avec Cassius Clay.

Celui qui écrit ça n'est pas K.-O. Celui qui écrit ça en a ramassé plein la tronche, mais il n'a pas changé de cap, il n'est pas allé s'échouer à Durban parce que son bateau et son corps ne pouvaient pas en supporter plus. Celui qui écrit ça a souvent songé à renoncer. Mais il a su dépasser la raison froide qui lui demandait de se rendre à l'évidence, d'abandonner. Envers et contre tout, contre lui surtout, il poursuit sa route.

Robin Knox-Johnston est toujours en course, en tête de la course, même s'il ne peut en être sûr. Il mène le Golden Globe Challenge. Dix rounds peut-être, mais il n'a toujours pas jeté l'éponge.

Juillet, août, septembre, ce fut pour lui l'ère des avaries. Avant l'équateur, le vit-de-mulet de sa grand-voile s'était rompu. La pièce permet de relier la bôme et le mât. C'est toute la vitesse qu'il pouvait tirer de *Suhaili* qui s'en trouvait amoindrie. Mais qu'est-ce que la vitesse quand une lame vous prend par le travers en pleine nuit ? Comme un coup de canon, un séisme. L'univers secoué sans prévenir.

La cabine était sens dessus dessous, il y avait de l'eau partout, la coque craquait, gémissait, comme si elle allait se rompre sur l'instant. Pas le temps de paniquer. Les gestes de survie dans l'obscurité. Un soupir de soulagement quand le bruit de la pompe se fit clair, la pompe qui recrachait, qui écopait à jets réguliers, alors que le bateau tanguait dans tous les sens.

En fond de cale, l'eau baissait. Robin Knox-Johnston s'en assurait à tâtons. Ce n'était pas encore le salut, mais c'était toujours ça de pris. Il avait toujours su rationaliser ses gestes, calmer ses émotions. Ce qu'il lui fallait, là, maintenant, c'étaient des forces pour le lendemain. Pour être lucide à l'heure de réparer.

Robin Knox-Johnston ne savait alors pas si *Suhaili* passerait la nuit, si l'océan n'allait pas l'engloutir avant l'aube. Il ne pouvait qu'imaginer l'étendue des dégâts, et les gémissements du bateau ne lui disaient rien qui vaille. Il n'avait aucune aide à espérer. Et dans ce chaos, il parvint à s'endormir, dans son ciré, sur sa couche trempée.

Un sommeil sans cauchemar. À l'aube, il était presque dispos. Heureux de voir que les mâts étaient entiers. La coque, c'était autre chose. Robin Knox-Johnston s'était offert une longue lampée de brandy avant de se jeter à l'eau. Une latte de cuivre à la main. La clouer là... à la jonction de la coque et de la quille, pour ne plus que l'océan pisse une mort lente à l'intérieur de son bateau. Une inspiration, une plongée. En apnée. La plus inconfortable manière qui soit de réparer un bateau.

Knox-Johnston est remonté pour reprendre son souffle, dix fois, vingt fois, les gestes lourds. Et puis il a failli ne pas le voir. Un requin. Un beau. Capable de lui avaler une jambe d'un coup de mâchoire. Des clous dans la plaquette de cuivre. *Suhaili* qui se laissait faire, un clou encore pour qu'il soit étanche. Le requin. Pas possible de continuer. Robin Knox-Johnston s'était comme jeté sur le pont. Sauvé. Intact. Comme son bateau. Bras d'honneur à l'aileron de cette saloperie de prédateur.

Il lui restait deux tiers d'un tour du monde à accomplir. Il se devait de laisser tomber. Enfin. Il y avait trop longtemps qu'il repoussait l'évidence. Mais là, essoufflé sur le pont de *Suhaili*, Robin Knox-Johnston avait l'obscure impression que son compagnon tiendrait le coup. Assis sous le ciel, à observer la danse des ailerons, peut-être se disait-il obscurément que la chance allait tourner.

Mais la chance ne tourne pas. Il était dit que Robin Knox-Johnston accomplirait son destin à la force des tripes. Lautre jour, il vérifiait ses batteries, toujours à bricoler, à nettoyer, à améliorer ce qui pouvait l'être. Et là, une vague un peu plus forte, un roulis imprévu. Une maladresse. Un jet d'acide au visage. Une brûlure atroce. L'impression de sentir fondre son œil gauche.

Robin Knox-Johnston était remonté sur le pont. Penché sur la mer, il avait lavé son œil à l'eau salée. Ça brûlait encore, ça n'en finissait pas de brûler. Il avait dû sacrifier un peu de sa réserve d'eau douce pour tenter de calmer sa douleur. Il se disait que c'était fichu, qu'il avait perdu un œil.

Ça tonnait si fort dans sa tête. Il écartait les paupières

pour essayer de voir. Rien. Le noir absolu. Aujourd'hui, ça tonne encore. Il n'ose pas se fier à ses impressions, à l'espoir qui l'enivre depuis ce matin. Mais il croit revoir un peu, très loin, très flou, tout au fond de la douleur.

Il en est là. Un œil clos qui n'en finit pas de pleurer, l'autre planté vers l'horizon, Robin Knox-Johnston ne lâche pas la barre. Parce que l'œil, ce n'est pas si grave. On peut être marin et borgne. Quand il ne cède pas à la douleur, il sait bien qu'il a d'autres problèmes, moins immédiats. Plus perfides.

Il y a d'abord ce régulateur d'allure qui a rendu l'âme, qui l'oblige à barrer presque sans discontinuer, qui le prive d'une juste ration de sommeil. Jouable quand on regagne le port. Mais lorsqu'on doit se bouffer trois océans... Et puis, sa radio est morte. Ce n'est rien, c'est technique. Mais son frêle contact avec le monde n'existe plus. En Angleterre, dans sa famille, on doit le croire perdu. Et il est perdu. Il est plus perdu qu'on pourrait l'imaginer. Ce serait plus simple de lâcher prise, d'aller se soigner en Afrique du Sud, de les rassurer tous.

Knox-Johnston souffre de son œil. Mais il voit. Il voit un peu. Ce n'est pas une illusion, mais un présage heureux. Il ne veut plus penser à son bateau qui se délite, qui ne peut pas aller au bout. Il se dit qu'il poussera jusqu'en Australie, en Nouvelle-Zélande... Et puis, on verra bien.

Un homme qui ne renonce pas après dix rounds face à Cassius Clay est tout sauf *désespérément normal*.

Chapitre X

Novembre 1968

Je suis un homme heureux d'avoir un pareil grille-pain !

Le bateau fait une embardée, et Crowhurst se rattrape de justesse à la coursive. Ce n'est pas le moment de se blesser ! Il contemple son journal de bord, ouvert sur la page du 6 novembre. *Heureux d'avoir un pareil grille-pain...* C'était vrai. Il avait toujours été fasciné par la technique et la mécanique. Pour le dire franchement, à peine une semaine après son départ, quel réconfort de voir enfin un engin fonctionner comme son usage le prévoyait ! Il repense à ce fameux repas. Un délice, ces tranches de pain grillées, avec ce reste de curry. Un des rares moments de joie depuis qu'il était en mer. Aujourd'hui, 14 novembre : quinzième jour de navigation. Ça lui semblait une éternité. Et s'il ne réparait pas sa génératrice, l'éternité allait rapidement virer au cauchemar.

Tout ne s'était pas déroulé comme il l'avait espéré. Ces derniers jours, la fatigue, qui s'était emparée de lui, lui avait fait commettre sottises sur paresses. Et si les sottises pouvaient être expliquées – voire pardonnées – du fait de son inexpérience, la paresse était, elle, inexcusable. Rien que l'avant-veille, il s'était levé tard, son voilier faisant cap plein nord depuis plusieurs heures. Combien au juste ? Peu importe. Il avait passé plus d'une demi-journée à faire le chemin en sens inverse. À ce rythme, il lui faudrait plus d'une année pour finir ce foutu tour du monde. *JE NE PUIS ME PERMETTRE UNE TELLE PARESSE,* avait-il griffonné à la hâte dans son journal. Mais le sort semblait s'acharner : dès le lendemain, une vague inopportune avait inondé son compartiment électrique. Avait-il oublié de fermer le panneau du cockpit ? Trop tard pour s'en préoccuper. À présent, il essaie vainement de remettre sa génératrice en route. Mais sans dynamo, avec tant de choses qui vont de travers sur ce bateau, Donald Crowhurst commence à désespérer. Il sent, après seulement deux semaines de navigation – et sans même avoir passé Madère ! –, qu'il lui faudra bientôt décider s'il peut continuer ou non dans cette périlleuse aventure. Quel horrible dilemme ! L'idée de tout abandonner lui semble une décision abominable. Mais continuer dans ces conditions ?

Il se résout à faire une liste, pour considérer les différents points de la manière la plus objective possible : tout d'abord, en continuant, il violerait la promesse faite à sa femme de ne concourir *qu'avec la certitude* que tous les éléments sont réunis pour espérer une conclusion heureuse. Sans électricité, il ne peut considérer honnêtement que cette condition soit remplie. Sans génératrice, pas de radio. Ce qui signifie laisser Clare sans nouvelles pendant plusieurs mois. Guère envisageable. De plus, après observation du comportement du bateau, il arrivait à la conclusion qu'il ne pourrait le mener à plus de quatre nœuds une fois les quarantièmes sud atteints. Ce qui le mettrait très en retard sur ses prévisions, et l'amènerait à passer le cap Horn en avril ou en mai, dans des conditions bien plus difficiles que prévu. Or, dans l'état actuel du bateau, ses chances de survie s'en trouvent fortement amoindries. Il décide d'ajouter à sa liste les éléments en panne ou problématiques du *Teignmouth Electron* :

- Sans électricité, pas de radio ni de lumière, pas de sac de flottabilité, encore moins de signaux horaires ; il estime qu'il pourra se passer de radio et de lumière.
- La rentrée d'eau par les panneaux extérieurs ; malheureusement, sans le tuyau, oublié sur le quai avec tant d'autres choses, pas moyen de pomper l'eau sans garder les panneaux complètement ouverts. Ceci représente un véritable danger, son seul moyen d'évacuer l'eau de sa cabine reste d'écoper. Ce serait de la folie de s'aventurer dans les quarantièmes rugissants sans véritable système de pompe.
- Voiles mal coupées ; cela l'empêchera d'atteindre des grandes vitesses, mais ne risque pas de représenter un danger réel.
- Sac de flottabilité en tête de mât dysfonctionnel ; c'est grave, car sans ce mécanisme, il ne pourrait absolument pas redresser son bateau en cas de chavirage. Et les risques d'une telle situation ne sont pas surévalués, les chavirages étant fréquents au cap Horn. Avec un quillard, il est encore possible de s'en sortir, mais avec un trimaran comme le sien, c'est plus qu'improbable. Cependant, Crowhurst considère qu'il saura rendre fonctionnel ce système d'ici au cap Horn.

La liste est encore longue, mais il s'arrête là pour souffler. Dans ces conditions, il estime ses chances de survie à environ cinquante pour cent. Une chance sur deux. Ce n'est pas suffisant. Ce n'est évidemment pas suffisant. Alors, arrêter là ? Prendre le risque de la honte et de la ruine, ou celui d'une mort probable ? Tout semble indiquer que ce voyage est plus que compromis. Mais abandonner, et décevoir Stanley Best, les autres investisseurs, les habitants de Teignmouth, sa famille ? Il n'arrive pas à s'y résoudre. Il ne craint pas le ridicule qui risque de s'abattre sur lui, c'est négligeable. Mais pourrait-il, par exemple, convaincre Best de s'accrocher au projet pour repartir l'année suivante ? La question de l'argent l'obsède de plus en plus. Pour l'instant, son seul espoir réside dans le fait que tous les participants abandonnent les uns après les autres, afin que l'échec de son propre projet soit perçu comme légitime. Si Stanley Best estimait que son abandon de la course n'était pas fondé, ce serait la ruine à coup sûr. Best se prévaudrait de la clause de rachat du bateau, et il n'y aurait plus aucune chance pour son entreprise. Mais si Best s'était pris au jeu, peut-être trouverait-il judicieux de retenter la course l'année prochaine, dans de meilleures conditions. Tout dépendait de son esprit de compétition et du retour possible sur investissement. Mais, sans radio pour lui exposer la situation, comment savoir ? Donald doit se fier à son raisonnement logique, peser encore les pour et les contre. Est-ce qu'une réussite du projet l'année suivante aurait autant d'impact qu'un voyage interrompu cette année ? S'il décide d'abandonner, devrait-il malgré tout s'aventurer plus au sud, jusqu'en Australie par exemple ? Voire sauver la face en essayant d'aller jusqu'au cap Horn ? Le Cap, ce serait aller plus loin que plusieurs concurrents qui ont déjà abandonné. Il est aussi possible que d'autres abandonnent d'ici là. Tetley et Fougeron, probablement, ne passeront pas le Cap. Moitessier n'abandonnera pas, lui est capable de continuer coûte que coûte. Et même ? Continuer, jusqu'en Australie, jusqu'au cap Horn, ne serait-ce pas du temps et de l'argent inutilement perdus ? Certes, il pourrait essayer de revendre le *Teignmouth Electron* sur place. Mais la garantie de repartir l'année suivante n'en serait pas plus assurée. Des vers de Kipling lui reviennent alors à l'esprit, déformés et lointains :

Si tu peux faire un tas de tous tes soucis
Et le risquer sur un coup à pile ou face
Perdre, et recommencer par le commencement,
Sans jamais souffler un mot de cette perte...

Il décide de remettre ce choix à plus tard et de continuer sa route vers le sud en attendant de prendre une décision. S'il réussit à remettre sa radio en marche, peut-être qu'exposer sa situation à quelqu'un pourrait l'aider à choisir ? Définitivement, il lui faut l'avis de Best avant toute chose. Il rallume sa lampe torche et replonge les mains dans ces foutus circuits électriques.

Chapitre XI

Fin novembre-début décembre

Rien n'est résolu dans l'esprit de Donald Crowhurst.

Sa génératrice a redémarré. Il a pu envoyer un télégramme laconique à destination de la presse, en omettant toute position précise.

SILENCE PROVOQUÉ PAR NOYAGE COMPARTIMENT MOTEUR – STOP – DÉSHABILLÉ MAGNÉTO, REMPLACÉ ENROULEMENT, SÉCHÉ GÉNÉRATRICE – STOP – EN ROUTE VERS MADÈRE

Il avait enfin pu parler à Best, et à Clare. Mais il n'a pas pu, pas su, leur expliquer son dilemme. Au contraire, il a évoqué quelques légers incidents techniques, minimisé les problèmes les plus graves, mais surtout il s'est étalé sur sa motivation inébranlable à continuer – voire gagner – cette course. Et cela le tourmentait bien davantage. Avant ces appels, il avait passé deux jours à refaire encore et encore l'analyse des options possibles. Il avait dressé un tableau listant les endroits où il pourrait abandonner, en fonction de ses vitesses possibles. Il avait synthétisé ses options en quatre points :

- continuer, avec un passage du cap Horn en mai ou juin, 6 chances sur 10 de chavirer ;
- abandonner au Cap, retour vers mai en Angleterre ;

- limiter la ruine et rejoindre l'Amérique pour revendre son bateau au meilleur prix ;
- rentrer au plus tôt au Royaume-Uni pour préparer une nouvelle tentative l'année prochaine.

Il ne leur avait finalement mentionné aucune de ces options. Il ne souhaitait certes pas inquiéter Clare, mais du coup, il lui avait caché son désespoir véritable. Et à Best, il n'a parlé que du problème de pompage. Pourquoi leur avait-il menti ?

Ce n'est pas vraiment un mensonge, songe-t-il, j'ai vraiment envie de continuer. OU PLUTÔT, il me paraît de plus en plus insupportable d'envisager d'abandonner... Il est l'outsider, celui qui peut créer la surprise. Il pourrait peut-être envisager de continuer encore un peu ? Entre l'idée de la ruine et de la honte, et celle d'une mort probable, son esprit semble tétanisé. Alors il repousse imprudemment la décision. Chaque nouvelle qu'il reçoit des autres concurrents le met dans une hésitation terrible. Les abandons successifs montrent bien les dangers de s'aventurer sur les océans hostiles sans le bon matériel. Mais le nombre de concurrents qui diminue petit à petit lui fait aussi miroiter l'espoir d'être peut-être, un jour pas si lointain, le seul à rester en lice pour cet exploit...

Le surlendemain, son esprit et sa motivation sont à l'agonie. À peine un mois depuis son départ. Funchal, capitale de Madère, lui paraît son unique salut. Il passe la journée les voiles affalées, à tourner en rond au nord de l'île, consultant les *pilots charts* et dessinant avec précision le port. Il note tout ce qui est nécessaire pour accoster : les amers, les marées ; il vérifie plusieurs fois les postes d'amarrage et se prépare à convaincre Best de retenter la course l'année suivante. En fin de journée, il réussit à le joindre par radio :

– Stanley Best, Stanley Best, Stanley Best, de Teignmouth Electron. Ici Donald Crowhurst, me recevez-vous ?

– Teignmouth Electron, de Stanley Best. Bonjour Crowhurst, je vous reçois cinq sur cinq. Comment se passent vos navigations ? Avez-vous trouvé une solution pour vos problèmes de pompe ?

– Bonjour monsieur Best. C'est toujours un problème, malheureusement. Sans tuyau, je ne vois guère de solution durable pour ces arrivées d'eau.

– C'est ennuyeux.

– En effet. J'ai essayé plusieurs approches pour régler le dispositif, mais la manière la plus efficace d'évacuer l'eau de cale reste d'écoper manuellement. Ce qui est possible lors de temps calme, mais deviendra vraiment difficile au niveau des quarantièmes sud.

– Vous trouverez une solution d'ici là, j'en suis convaincu.

– Je l'espère, monsieur Best, je l'espère. Seulement...

– Seulement ?

– Seulement... Voyez-vous, avec du matériel adéquat, même le pire des ingénieurs peut s'improviser alchimiste et transformer le plomb en or. J'ai peur de ne pas avoir les outils nécessaires, quels que soient mes qualités et mon talent. Il serait dangereux de ne me fier qu'à mes compétences pour terminer cette course sans prendre en compte la qualité du matériel à disposition.

– Ne dramatisez pas, Crowhurst. Vous êtes le plus à même

de jauger la situation, bien sûr. Mais il ne faut pas laisser de légères défaillances vous faire perdre espoir.

– Tout à fait, monsieur Best. Malgré tout… enfin… je veux dire : vous avez raison, et je vais rapidement régler ces détails afin de pouvoir tirer le meilleur potentiel de ce bateau. D'ailleurs, maintenant que vous le dites, je pense que je pourrais sûrement condamner un des panneaux défaillants. Cela ralentirait fortement les entrées d'eau. Cependant, cette solution impliquerait de mettre en péril ma dynamo. Il faudra vous attendre à des contacts radio bien moins fréquents… mais je pourrai toujours vous communiquer mes positions par télégramme.

– Je me fie à votre jugement, je suis sûr que vous avez la situation en main.

– Merci, monsieur Best. Je ne vous décevrai pas.

– Bon vent, Crowhurst. Nous sommes avec vous.

Donald reste de longues minutes silencieux, le combiné à la main et le regard dans le vide. Qu'a-t-il fait ? Vient-il réellement d'annoncer à Stanley Best la fin de leurs contacts radio ? L'idée de tricher lui avait déjà effleuré l'esprit plusieurs fois, c'est vrai. Il en avait blagué… Mais là, il s'agit de sa survie. Pourquoi n'arrive-t-il pas à signifier clairement à Best qu'il lui faut abandonner ? Peut-être parce qu'il n'arrive pas à s'y résoudre lui-même. Mais dans ces circonstances, ne pas abandonner, cela signifie commencer à mentir. Il soupire. Pour éviter la mort ou la ruine, c'est purement et simplement la seule solution qui lui reste.

Il sort face à la mer pour prendre une grande inspiration. Après un temps indéterminé, peut-être une minute, une heure, ou une éternité, il se remet en mouvement. Il hisse ses voiles et met cap sud-ouest, afin de passer au large de l'île. De toute évidence, il peut ranger ses cartes de Madère, il ne la verra pas.

Dommage, mais c'est tout aussi bien. Autant se concentrer sur la mer.

Pendant le reste de la journée et une bonne partie de la nuit, l'idée continue de faire sa place dans son esprit, comme le ver rongeant la pomme. Le lendemain, il commence à étudier les routes maritimes les plus fréquentées. S'il évite de se faire repérer en mer, il pourra peut-être réussir ce tour de force. Il n'aura qu'à rester dans l'Atlantique, et attendre quelques mois en envoyant de temps à autre des positions dignes de son exploit fictif. Et quand le moment sera venu, il lui suffira de remonter vers l'Angleterre. Ainsi, il éviterait la ruine, la honte de l'abandon, tout en se préservant d'une mort probable. Il pourrait même gagner ! Le prix de 5000 livres est réservé au plus rapide des concurrents. Selon tous ses calculs, son bateau est sans conteste le plus rapide de la compétition ! Il est donc normal que le prix lui soit attribué, non ? Mais si la supercherie finit par être découverte, ce serait bien pire que la mort. Il serait mis au supplice par la presse, rejeté par celles et ceux qui l'ont soutenu. Il retourne se coucher, l'esprit embrouillé mais faisant toujours voile en direction de l'Atlantique Sud.

Presque une semaine se déroule ainsi. Son voilier continue sa route, et son esprit, son cheminement vers un plan de plus en plus précis. Bien sûr, il lui faudra faire preuve d'énormément de talent pour calculer une route fictive. Mais, contrairement à beaucoup, il maîtrise suffisamment les mathématiques pour réussir à fournir aux journaux un tracé crédible de circumnavigation.

Fictif, peut-être.

Grandiose, si possible.

Mais crédible.

Et crédible, c'est tout ce qui compte.

Un café bien chaud, une journée ensoleillée et un bateau qui avance bien sont les ingrédients parfaits pour mettre de bonne humeur n'importe quel marin. En ce vendredi 6 décembre, toutes ces conditions sont réunies et Donald Crowhurst inaugure en sifflotant un nouveau journal de bord, en tout point identique au premier. Sa décision est prise : il continuera à tenir à jour un journal avec sa route réelle – tant pour sa propre sécurité que pour sa santé mentale – mais rédigera surtout un second journal pour la course, dans un style beaucoup plus laconique et professionnel. Pas question qu'il y manque ne serait-ce qu'une indication de barométrie. Aucun indice ne devra laisser supposer à un observateur futur que ce journal puisse être falsifié. Et pour faciliter encore ce processus, il ne communiquera dorénavant plus de positions précises à la presse, mais uniquement ses distances parcourues et ses directions. Libre cours à eux d'en interpréter ensuite sa progression dans la course. Il rédige plusieurs télégrammes pour Hallworth, son attaché de presse. Expliquant qu'il ne peut communiquer autrement au vu de l'état de sa radio, insistant fortement sur les problèmes rencontrés ces derniers jours afin de justifier sa trop lente progression, il conclut par un dernier message, le sourire aux lèvres :

ESSAIS TERMINÉS. LA COURSE COMMENCE.

Chapitre XII

Londres, 15 décembre 1968

– Comment pouvez-vous titrer une telle merde ?

Sir Francis Chichester est certes un marin bourru, un de ces hommes qui n'ont pas la parole facile, mais on lui prétend le mot choisi et une certaine élégance verbale. Murray Sayle ne l'a jamais entendu jurer, même au pub à l'heure de trinquer en souvenir de son tour du monde. Le voir débarquer ainsi dans son bureau, après avoir vainement frappé à celle de son rédacteur en chef, laisse présager un grain furieux.

Mais Murray Sayle a suffisamment essuyé de gifles maternelles dans son enfance pour avoir assimilé un principe de base. Le silence est la meilleure manière de ne pas attiser une colère. Et en colère, sir Francis Chichester l'est foutrement. Alors Murray Sayle se tait et le laisse brandir un exemplaire du *Sunday Times* comme la preuve d'une ignominie.

En gros caractères, le nom de Donald Crowhurst semble déborder de la une. Le dernier partant du Golden Globe, en qui pas grand monde ne croyait, et qui s'était lamentablement traîné jusqu'au Cap-Vert, accélérait jour après jour, regagnait le terrain perdu à bord de ce trimaran d'un genre nouveau que beaucoup avaient honteusement dédaigné.

– Pas vous ! Vous représentez la course. Vous devez vous cantonner à un minimum d'objectivité… et vous vous extasiez sur ce, sur ce…

– C'est un record du monde, tout le monde s'emballe, c'est normal, dit Murray Sayle, lorsqu'il estime que son interlocuteur a pu reprendre son souffle et un peu de ses esprits. C'est bon pour la course, c'est bon pour tout le monde.

Et s'il ne s'était agi que du *Sunday Times*… Les journaux du Royaume-Uni titrent en chœur sur ce chiffre impressionnant : 243 milles. C'est la distance que Crowhurst assure avoir parcourue en 24 heures. Et personne en ce monde n'a jamais fait mieux. Les innovations de l'inventeur farfelu semblent donc donner leur pleine mesure. Crowhurst est mal parti, le temps de s'habituer à son bateau. Mais c'est désormais le grand retour du technicien de génie.

Knox-Johnston est trop fade et tous les prévisionnistes disent qu'à l'allure où il avance, il se fera reprendre par ce diable de Français, l'insatiable Moitessier. Tetley, on ne sait même pas qui c'est. Et les autres sont hors-jeu. Reste ce curieux bonhomme parti après les autres, qui s'est traîné à n'en plus finir dans l'Atlantique Nord, avant de traverser le pot au noir, ce cauchemar des marins, avec une aisance qui frôlait l'improbable.

Mais sir Francis Chichester connaît les océans, il connaît les hommes aussi. Les marins ne se réinventent pas en mer. Ce Crowhurst l'aurait déjà épaté s'il avait atteint les Canaries. Un navigateur d'opérette ne peut pas, ne doit pas, tutoyer les mers du Sud.

– Les faits sont là, ajouta, encore Murray Sayle.

– Je vous jure, grommelle Chichester, que quand ce petit salopard reviendra, je vais ausculter son journal de bord.

– Il sait manier le sextant. Il ne se trompe pas.

– Sur ce point, je suis d'accord avec vous. Il ne se trompe pas. Mais il vous trompe, il trompe même le monde entier. Il recalcule des positions fictives, il nous vend une histoire qui ne peut pas exister. Et vous, trop heureux de fourguer votre papier, vous ne faites pas votre boulot, vous ne réfléchissez pas. Vous gobez tout cru cette fiction infâme.

– Mais sur quoi vous basez-vous ?

– Sur ces chiffres, bon sang ! Déjà la traversée du pot au noir n'était pas crédible. On peut croire à la baraka, à un slalom heureux entre les orages et les calmes plats, on peut trouver des vents là où ils ne sont pas. Une fois, deux fois. Mais là, cette avancée dans l'Atlantique Sud... Même Moitessier n'y parviendrait pas.

La feuille est toujours dans la machine à écrire. Murray Sayle n'a pas pressé la moindre touche.

– Vous l'accusez donc de mentir ? C'est la position officielle du directeur de course.

Chichester soupire.

– Les marins ne mentent pas.

Et il ajoute d'une voix blanche.

– Mais cet homme-là. Cet homme-là n'est pas un marin.

L'océan, les mers du Sud, ce sont les creux ahurissants, les tempêtes, le bateau qui craque à se rompre des nuits durant. Ceux qui ont vécu ça sont devenus frères. Ils se respectent. Quand on parle du cap Horn, on n'invente rien, on raconte à peine. La mer se dit dans la litote, entre les mots, la mer se transmet entre ceux qui savent. Et parce qu'ils savent, ils évitent soigneusement les effets de manche.

– Personne sur la mer ne tricherait sur ses relevés de position, explique encore sir Francis Chichester, mais Crowhurst n'est pas sur la mer, il est ailleurs, dans un monde où nul ne voudrait le suivre.

Murray Sayle en a assez. On tourne en rond. Et même le respect qu'il doit au vieux marin commence à céder à l'agacement.

– Que voulez-vous ? Une carte blanche pour exposer votre position ?

– Je ne peux pas. Je ne suis pas en position, pas encore. Et vous le savez bien. Je suis le garant d'un règlement, mes certitudes ne valent rien tant qu'elles ne sont pas étayées par des faits. Et avec le joli roman qu'on offre aux lecteurs, je serais bien le seul à m'égosiller. Mais je sais. Et je suis venu pour vous en convaincre. Car si vous ne préparez pas les foules à la vérité, si vous continuez à les bercer avec cette histoire trop belle, nous n'éviterons pas le scandale quand cet imposteur touchera terre. Nous sombrerons tous dans le ridicule, vous, le *Sunday Times*, et, pire que tout, moi.

Murray Sayle se lève de son bureau, tournant un peu brusquement le dos à son auguste interlocuteur. Il observe la grisaille de la ville, les mouvements désordonnés des passants.

– Je ne nuancerai pas nos propos. L'heure n'est pas encore au doute.

– Est-ce à dire que vous ne me croyez pas ?

– Nos lecteurs n'auront pas envie de vous croire.

Chapitre XIII

En mer, décembre 1968

Comment est-ce possible ? Jusqu'ici tout s'était plutôt bien déroulé. Bien sûr, depuis le pot au noir, il y avait eu quelques nuits mouvementées, des petites casses – dues à l'usure naturelle de la navigation en haute mer, un peu de fatigue, mais le pire restait surtout la pétole. Le cauchemar de tout marin. Il avait subi la mollesse des vents, cette insupportable sensation d'attente, à guetter l'horizon avec l'espoir de voir apparaître la moindre petite brise... La météo en mer est loin d'être une science exacte et prévisible, et l'esprit humain peut vite déraper quand il se confronte à l'inaction. Les heures défilent, toujours plus longues, une angoisse irrationnelle s'installe insidieusement : et si le vent ne revenait jamais ? Et si je restais bloqué là, au milieu de nulle part ? Rajoutez à cela la frustration de prendre du retard sur les autres concurrents, dans une course qui dépasse l'entendement, et le cocktail peut devenir explosif... Heureusement pour Nigel Tetley, il connaît son trimaran – sa maison – sur le bout des doigts. Sans paniquer, il avait tenu tête aux coups de vent, droit face aux rafales. Pendant les longues heures de calme plat, il avait réparé ce qu'il pouvait, ce qui devait l'être. Il avait passé

Bonne-Espérance, plus ou moins aisément. Il avance maintenant dans l'océan Indien, moins rapidement qu'il le souhaite. Mais surtout, il n'a jamais abandonné son rituel : manger chaque soir à table, assis – presque – confortablement, un repas chaud et revigorant. Tout en écoutant un nouveau morceau de musique, qu'il note et commente soigneusement dans son journal, pour satisfaire son sponsor. Il connaît la force de l'habitude et sait que c'est dans de tels détails qu'il trouvera la force de terminer cette course. Il lui faut rester méthodique, organisé, et garder la sensation de contrôle jusqu'au bout. Or il n'a dérogé à aucune de ces règles spécifiques qu'il s'était fixées. Alors pourquoi ce doute, ce matin, en regardant les vagues défiler ? D'où vient ce mauvais pressentiment ? C'est bientôt Noël, peut-être que la mélancolie y est pour quelque chose ? S'il laisse la peur s'installer, Tetley sait qu'elle ne le quittera plus. Il tente de se reprendre en main, en faisant chauffer de l'eau pour son thé, et fait quelques rapides estimations : il a bientôt parcouru un tiers du trajet. C'est bien trop tôt pour douter. Ou déjà trop tard ?

***

Moitessier prend une grande inspiration et rouvre les yeux. Il a senti un changement dans le roulis de *Joshua*. Imperceptiblement, son ketch semble gêné dans sa trace. Il s'installe à la barre et désengage le régulateur d'allure. Le vent a fraîchi et, au vu de sa direction, une belle dépression se forme derrière lui. S'il veut maintenir son allure, il doit modifier son cap. Il fera route vers le nord-est. Cela lui convient ; il gardera son rythme et passera bientôt dans le Pacifique. Et il pourra toujours reprendre quelques degrés sud au prochain anticyclone qui se présentera. Il guette les nuages qui se forment à l'horizon. En effet, quelques vilaines couleurs au loin annoncent une nuit agitée. Son baromètre confirme. Sans se mettre en fuite, il accentue sa route vers le nord. La dépression devrait passer bien au-dessous de lui, il reprendra son cap au matin. Il note intérieurement de préparer un bon thermos de café pour la nuit. Une fois son cap ajusté, il le transpose dans son journal, à côté du niveau de son baromètre. Avec un sourire aux lèvres, il boit une gorgée d'eau et reprend sa place sur le roof pour continuer sa méditation. En prenant une grande inspiration, il jette un regard serein sur l'immensité devant lui. *Dieu a créé la mer... et il l'a peinte en bleu pour qu'on soit bien dessus !* Il lui restait encore quelques heures de repos avant de se préparer à affronter la nuit. Décidément, il est heureux.

***

Demain, c'est Noël. Quelque part dans le Pacifique Sud, Robin Knox-Johnston se sent un peu chagriné à l'idée de passer seul cette fête. Il décide, pour se remonter le moral, de s'offrir un véritable moment de joie et commence à lister son programme du lendemain. Son humeur change instantanément. Ce sera whisky, chants et repas de fête. Il aura tout le loisir de se remémorer les bons souvenirs des Noëls précédents. Et à 15 heures, il portera un toast en l'honneur de la reine d'Angleterre, à l'heure du traditionnel discours de vœux au peuple anglais. Il fera honneur à cette patrie dont il est si fier en gagnant cette foutue course au nez et à la barbe du Français. Tout ne va pas si mal, finalement.

***

Demain c'est Noël, songe Clare Crowhurst. Cela fait plusieurs jours qu'elle n'a pas de nouvelles de son mari. *Donald s'en sort sûrement mieux que moi,* soupire-t-elle. Sa situation est en effet catastrophique : les finances sont au plus bas, les ventes du Navicator – censées lui permettre de tenir le coup – n'étaient de loin pas suffisantes, et si cela continue elle sera bientôt contrainte à s'inscrire au chômage. Les enfants réclament leur père tous les jours, il leur manque terriblement. Et à elle aussi. *Quelle folie des hommes que ce besoin de grandeur qui les emmène loin des leurs...* Pour couronner le tout, hier, un incendie inexplicable a détruit la moitié de l'écurie qui sert d'atelier derrière la maison. Le sort semble s'acharner. *J'espère qu'il reste prudent malgré son envie de gagner.* Elle attend de pouvoir lui parler, son appel devrait arriver d'une minute à l'autre. Peut-elle lui faire part de sa situation ? Peut-elle prendre le risque de l'inquiéter et qu'il décide d'abandonner pour rentrer ? Elle conclut que non. Son mari traverse courageusement les océans, elle affrontera également les tempêtes. Elle sera à la hauteur !

Le téléphone sonne. C'est l'opérateur radio qui doit les mettre en communication. Elle respire profondément et décroche.

Chapitre XIV

Dans l'Atlantique Nord, 24 décembre 1968

Il aurait voulu du silence, trouver la paix. Réfléchir un peu. Mais avec ces vagues, ce putain d'océan, et ces sollicitations là-bas, les journaux qui voulaient savoir, les questions qu'il craignait sans même les entendre, ce n'était pas possible d'avoir du calme. Il avait hésité longtemps face au radiotéléphone. Il avait besoin de la voix de Clare. C'était le réveillon, après tout, il avait une bonne raison d'appeler... pour les enfants, savoir comment ils allaient. Bien sûr qu'il était trop tard. C'est ce qu'elle allait dire. Elle avait comme une horloge dans la tête. Et des reproches dans la voix.

– Tu appelles tard...

– Je suis désolé, je ne voulais pas te réveiller.

Il savait qu'elle ne dormait pas, qu'elle était juste lasse. La transmission était pourrie mais les sentiments de Clare se fichaient des grincements, des sifflements, de la concurrence des vagues, ils s'immisçaient droit dans son oreille.

– Les enfants dorment.

– Ne les réveille pas. Dis-leur demain que je les aime. Que je leur souhaite un bon Noël.

C'est de ta voix dont ils ont besoin, de ta présence Donald.

Imagines-tu seulement l'épreuve que tu leur infliges, que tu m'infliges ?

– Je leur dirai.

J'ai besoin de tes mots, Clare, pas de ces phrases sèches, je veux entendre de l'amour, comme si je pleurais sur ton épaule et que tu me consolais de tout. Dis-moi que les enfants m'aiment, dis-moi qu'ils jouent et qu'ils rient… Je suis allé tellement loin, sur la mer et au fond de moi-même. Personne, jamais, n'est allé aussi loin. Ils pourraient les traverser dix fois, ces océans, à cent vingt milles par jour alors que je n'en parcourerais que quinze, ils n'iraient pas aussi loin. Et si je suis venu jusque-là, là où aucun homme n'ose aller, c'est pour faire vivre notre famille, pour que nous soyons à l'aise, pour que les enfants soient fiers. Peut-être que j'ai péché par orgueil… Peut-être que ce ne sera pas facile de revenir. Peut-être que toute cette aventure n'est qu'une sinistre blague. Peut-être, mais là, je voudrais que tu me dises que tu m'aimes. Allez, dis-le. Dis-le !

– Où es-tu, Donald ?

– Comment ?

– Tout le monde réclame des positions plus précises. Ils reçoivent ta progression, mais ils disent que c'est flou… Qu'ils ne comprennent pas où tu es…

Personne, personne ne calcule mieux que moi. Tu ne te rends pas compte. Inventer des positions crédibles, une progression incontestable, c'est un travail qui demande de maîtriser autant le calcul que l'abstraction. Un autre se ferait prendre. Il y a tellement de faussaires de peu d'envergure. D'ailleurs, faussaire n'est pas le bon mot. Tu te souviens, ces peintres qui recopiaient les tableaux de maîtres, ces toiles qu'on peinait à différencier des originaux ? « C'est parce que vous n'y connaissez pas grand-chose », avait dit ton ami, là, le conservateur du musée. Il avait ajouté qu'un connaisseur quelque peu averti ne s'y laisserait pas prendre. Moi, ce sont les connaisseurs que je dois tromper. Je n'ai pas le choix. Pour les enfants, pour toi, je dois me hisser à la hauteur des grands maîtres. Pour les enfants, pour toi, je serai Rembrandt, je serai Picasso !

– Dis-le-moi ! Où es-tu Donald ?

Arrête, arrête, Clare. Laisse-moi réfléchir, laisse-moi respirer !

– Où es-tu ?

– Je n'ai pas pu faire de visées aujourd'hui. C'est difficile d'être catégorique... C'est... Dis-leur que je suis au large du Cap.

Elle n'aime pas la géographie. Les cartes, les méridiens, les courants, la ligne de côtes. Ce sont des passions de mecs. Mais depuis qu'il est parti, elle a tout appris, tout retenu, elle sait toutes les nuances de couleur de l'océan, elle pourrait dessiner le tour de l'Afrique les yeux fermés. Elle veut savoir où il est, le nom de chaque ville qu'il dépasse.

– Le Cap ? Mais c'est extraordinaire !

– J'ai un bateau qui avance comme jamais, Clare ! Un bateau révolutionnaire ! Que vous faut-il pour le croire ? Je ne sens pas ton enthousiasme, je ne vous sens pas derrière moi, tous autant que vous êtes, et ça me fait mal !

C'est plus facile de croire en tes rêves quand tu es ici, Donald. Tu nous as laissés dans la merde et tu ne le sais même pas. Tu croyais que [illegible] ventes allaient décoller mais ça ne marche pas. Les gens entendent parler de toi, mais ils n'achètent pas. Je n'ai plus rien. Le mois prochain, je devrai pointer au chômage. Pour toucher quelque chose. Pour nourrir les enfants. J'ai peur pour les jours qui viennent, je me réveille la nuit en me demandant si nous n'allons pas tout perdre, et toi, tu crois qu'il suffit de maîtriser l'océan pour changer le monde. Mais ce n'est pas si facile, Donald ! Et tant que tu ne seras pas de retour, tant que tu n'auras pas gagné, nous vivrons dans la gêne et dans la peur.

– Quelque chose ne va pas, Clare ? Dis-le-moi...

– Non, non... Tout va bien.

– Je te sens triste.

– Je suis loin de toi, c'est tout. Mais je suis fière de savoir que tout va bien. Car tout va bien, Donald, tu es sûr ?

– Pourquoi ? Pourquoi demandes-tu ça ? Bien sûr que tout va bien ! J'avais tout prévu. Tu te rappelles, mon amour, je pense à tout, c'est pour ça que je me réveillais la nuit. Tu te plaignais que je ne te laissais pas assez dormir, tu t'en souviens ?

Maintenant, je ne dors plus du tout. Tu n'étais pas simple, Donald, mais je préférais quand tu étais là.

– Oui.

– Alors, bon Noël à toi.

Il coupe la communication. Il est hors de lui. Il ne supporte pas qu'on doute de lui. Il soupire, il secoue les bras, il s'agite, comme en crise, comme fou. Heureusement, la mer est calme. Le bateau n'a pas besoin de lui. Il peut se laisser aller à sa rage.

Puis ce sont les pleurs qui montent. Des pleurs d'enfant

perdu. Elle aurait pu craquer, lui offrir une porte de sortie, lui dire qu'elle n'en pouvait plus. Si elle avait supplié, il aurait regagné le port. L'honneur au sec. Tout se serait arrêté. Cet affreux supplice aurait pris fin. Elle aurait été la raison de son échec et il l'aurait éternellement aimée pour ça.

Il a le front contre l'appareil. Il voudrait l'appeler de nouveau. L'entendre encore. L'entendre toujours. Comme un amour adolescent dont on ne supporte pas d'être séparé.

Demain il regrettera son hystérie, comme il s'en voudra des mots prononcés. Il n'aurait pas dû évoquer le Cap. C'était une erreur, presque un aveu. Un pas de trop dans l'irréel. Il espérait que Clare ne dirait pas « il est au large du Cap ». Ou alors que ses interlocuteurs penseraient qu'elle avait mal compris, mal entendu.

Demain, il lui faudrait calculer les positions racontant son autre voyage.

Chapitre XV

Plus que South Trap à passer et ce sera le Pacifique. Je dormirai ensuite.

Le « piège du Sud », c'est un récif à fleur d'eau au sud de l'île Stewart, elle-même au sud de la Nouvelle-Zélande.

Le dernier obstacle terrestre avant de retrouver la liberté : de l'eau devant soi pour de longues semaines.

Les derniers cailloux entre *Joshua* et le cap Horn.

Une fois passé, ce sera de l'eau, du vent, et un océan pour lui tout seul.

Moitessier redescend pour éteindre son réchaud. Il se roule une cigarette et sourit : rien de mieux que du vent, du bon vent dans les voiles, quand la côte est si proche ! South Trap est encore à une bonne vingtaine de milles dans le nord-est. Et même s'il a choisi une route qui le fait passer bien au sud, il reste sur le qui-vive. La visibilité n'est pas excellente, on n'est pas à l'abri d'une mauvaise surprise. Après avoir étarqué sa trinquette, pourtant bien étarquée, réglé une écoute déjà bien réglée, il regarde sa cocotte-minute refroidir. Une merveilleuse odeur de risotto embaume le carré. Ce sera délicieux, mais il sent que son estomac se dénouera surtout quand *Joshua* voguera avec l'infini devant lui, laissant dans son sillage le piège des récifs. Quelques bouchées brûlantes et c'est marre. Il remonte sur le pont, une autre cigarette au bec. Le ciel se découvre un peu mais le vent est stable. *Joshua* est sur le chemin le plus court et le plus sûr. Moitessier peut se laisser aller à rêvasser sur le pont.

Après quelques heures, un clapotis familier le tire de sa rêverie. Des dauphins ! Il sent monter en lui cette gratitude infinie que l'on peut ressentir à la rencontre de ces animaux merveilleux.

C'est comme une bénédiction pour lui, juste avant son entrée dans le Pacifique. Un excellent présage pour la suite de sa longue route. Son esprit se fige lorsqu'il réalise que les dauphins sont facilement une centaine. Jusque-là, il en avait rencontré souvent, des petits groupes venant jouer à l'étrave… mais il n'en avait jamais vu autant. Il songe un instant à les filmer, mais la luminosité est faible. Ce serait gâcher de la précieuse pellicule. Autant profiter de ce moment et le graver dans sa mémoire.

Il existe un lien sacré entre le marin et ces mammifères, un lien qui se situe à l'orée du rêve, un lien que l'on peut tenter de raconter aux terriens, mais qui n'est vraiment compréhensible que par ceux qui les ont rencontrés quelque part sur l'eau. Ils sont à la fois guides et sauveurs, surprise et récompense au milieu de l'immensité. On peut les chercher des jours sans jamais les trouver – car ils n'apparaissent à l'étrave qu'à leur bon vouloir. Pourtant, au milieu de cette beauté, Moitessier sent une sourde inquiétude apparaître. Les dauphins, en plus de leur nombre impressionnant, adoptent une attitude très étrange : plutôt que de jouer avec le nez du bateau comme à l'ordinaire, ils s'agitent, ils sifflent, ils nagent en zigzag en frappant l'eau de leur queue. Ils ont l'air nerveux. Et surtout, ils entament un ballet surprenant. Un groupe d'une vingtaine d'entre eux s'élance en rangs serrés depuis l'arrière du bateau, ils frôlent *Joshua* sur tribord, puis d'une même respiration ils virent tous à droite en brisant la vague de leur aileron. Un autre groupe recommence – à moins que ce ne soient les mêmes ? Il y en a trop pour les reconnaître... Les dauphins répètent et répètent cette danse ; Moitessier reste ébahi. C'est la première fois qu'il assiste à pareille démonstration. Encore une fois, de l'arrière à l'avant, avec un virage à 90 degrés, toujours vers la droite. Souple et ferme, nerveux mais clair. Il ne comprend pas leur attitude. Que cherchent-ils à lui dire ? Encore un groupe qui remonte le bateau.

Et un autre.

Et un autre.

Soudain, il sent quelque chose le tirailler de l'intérieur. Il se précipite sur son compas et pousse un soupir : *Joshua* fait route plein nord, vent arrière, droit sur l'île Stewart, droit sur les récifs cachés par la grisaille ! Le vent a tourné discrètement, et son bateau avec lui. D'habitude, *Joshua* le prévient quand cela arrive, sa gîte se modifie, mille petites sensations l'informent de son changement de route. Mais là, sur cette mer longue et peu formée, aucun moyen pour son bateau de l'avertir ! À combien de milles se trouvent ces maudits cailloux ? Il se précipite pour amener la voile d'étai, borde ses écoutes pour régler son allure au près et finit par régler la girouette de son régulateur d'allure. Il descend se sécher les mains et se roule une autre cigarette. De là, il entend toujours le sifflement des dauphins au-dehors. En sortant, il réalise que les dauphins se comportent tout autrement que quelques minutes auparavant. Maintenant ils jouent, ils sautent, ils s'amusent. Un dauphin le gratifie même d'un triple saut périlleux, comme une félicitation. Un autre l'imite. Ils ont l'air soulagés.

Sa route aurait pu s'arrêter là.

Les dauphins le savaient-ils ? Depuis quand ? Le vent avait-il déjà tourné depuis longtemps avant leur apparition ? N'était-ce qu'un hasard ?

Une petite voix lui souffle une réponse qui ne plaît qu'au rêveur.

Soulagement.

Incrédulité.

Gratitude.

Après deux heures, les dauphins sont toujours là. Une autre idée traverse l'esprit de Bernard Moitessier. *Je pourrais essayer de changer de cap à nouveau... Vont-ils reprendre leur manège si je repars vers les récifs ?* Mais quelque chose le retient.

Il repense au conte du pêcheur et du poisson aux couleurs de l'arc-en-ciel. C'est une histoire que lui racontait sa mère quand il était petit : un pauvre pêcheur trouve dans ses filets un poisson magique, qui lui offre d'exaucer un souhait en échange de sa vie. Le pêcheur, qui habitait dans une petite cabane en bois avec le toit qui fuit, demande une belle et solide maison. Il obtient une belle et solide maison. Mais rapidement, il ne s'en satisfait pas, et retourne voir le poisson pour exiger plutôt un château. Il obtient un magnifique château. Mais il ne se satisfait pas, et se dit que si le poisson peut lui donner un château, il peut aussi le faire prince. Il retourne vers le poisson et exige de devenir prince. Il devient prince. Puis roi. Puis empereur. Mais toujours, il est insatisfait. Plus il obtient, plus il demande. Il retourne voir le poisson, en exigeant cette fois de devenir Dieu. C'est là que le poisson, fatigué de son insatisfaction, fatigué de ses demandes, se fâche. Et le pêcheur de retrouver sa petite cabane en bois…

À trop demander, on peut tout perdre.

Il fait nuit maintenant. Moitessier prend une grande inspiration. Il se sent en paix. Serein sur l'avenir de son voyage. Il a reçu quelque chose d'infiniment précieux, comme un signal merveilleux. Le groupe s'est dispersé il y a quelque temps, mais deux derniers dauphins continuent de le suivre, comme pour s'assurer qu'il poursuit sa route en sécurité.

Il finit de pointer sa position estimée sur la carte, pour réaliser qu'il est enfin entré dans le Pacifique. Souriant, il remonte sur le pont.

L'océan immense s'étend devant lui et les récifs sont loin derrière.

Les deux dauphins ont disparu.

Personne ne me croira jamais. Ou seulement ceux qui savent que les contes sont vrais.

Chapitre XVI

Dépêche ATS du 19 janvier 1969

Suspense autour du monde

C'était le scénario auquel les organisateurs du Golden Globe n'avaient pas pensé. Deux navigateurs risquent de boucler le premier tour du monde à la voile en solitaire au coude à coude.

Neuf concurrents. Des départs étalés sur cinq mois. Trois caps à franchir. Autant dire qu'il était peu probable que deux bateaux se rencontrent en course. Si les organisateurs ont prévu deux récompenses, une pour celui qui bouclera le premier tour du monde, une pour celui qui sera le plus rapide à le réaliser, ils n'ont vraisemblablement pas imaginé que ce périple pourrait se terminer, pour ainsi dire, au sprint.

Pourtant les nouvelles récemment communiquées du Pacifique donnent de la consistance à cet improbable scénario. Le leader, l'anglais Robin Knox-Johnston, sur *Suhaili*, poursuit une progression régulière mais voit peu à peu revenir sur lui le *Joshua* du fantasque écrivain Bernard Moitessier, né en Indochine.

Retournement de situation en vue

Difficile à ce stade de dire si et quand Moitessier rejoindra Knox-Johnston, mais la remontée de l'Atlantique pourrait donner lieu à un fabuleux retournement de situation. Reste que les prévisions ne sont pas facilitées par le peu d'informations fournies par Moitessier.

Le marin français a en effet catégoriquement refusé de se munir d'une radio. Et l'on se souvient de la démonstration qu'il avait faite aux journalistes présents à son départ de Plymouth de son maniement du lance-pierre. Une originalité qu'il revendique, met en scène et qui tranche avec les innovations techniques auxquelles recourent la plupart de ses adversaires.

Entre l'opiniâtre Knox-Johnston et le poète Moitessier, ce sont deux manières d'appréhender la mer et la voile qui s'affrontent. Et si l'on ne sait aujourd'hui lequel des deux regagnera les terres anglaises en premier, il n'y a guère de doute en ce qui concerne le plus véloce : à une moyenne de plus de 100 milles par jour, Moitessier est en effet en train de croquer le Pacifique. Le prix du concurrent le plus rapide ne devrait ainsi pas lui échapper.

Aventuriers de l'impossible

Devrait. Le conditionnel reste de mise, car l'océan est par nature imprévisible. Et si aucun de ces adversaires ne semble pouvoir suivre le rythme infernal de Moitessier, une avarie est toujours à craindre, surtout dans les impressionnantes mers du Sud. Rappelons que sur les neuf marins qui se sont présentés au départ, cinq ont déjà abandonné la course. Le retour à bon port est donc tout sauf une certitude.

Reste l'admiration que peuvent nous inspirer ces aventuriers de l'impossible, et notre enthousiasme à l'idée qu'une course aussi longue, aussi dure, puisse se révéler aussi serrée.

Pour l'ATS
Simon Meier, correspondant à Plymouth

Chapitre XVII

Il est dans l'Atlantique et il ne ressent pas le soulagement qu'il attendait. C'est la dernière ligne droite, pas l'assurance d'arriver, non, pas encore, car la mer peut vous renverser en vue du port. Mais le pire est incontestablement derrière lui.

Derrière lui ? Robin Knox-Johnston n'aime pas ce qui se trouve derrière son épaule et qu'il ne voit pas. Cette ombre imprécise et rapide qui envahit ses pensées. D'ailleurs, dans ses cauchemars, le Français l'a déjà dépassé. C'est impossible, il le sait. Robin Knox-Johnston ne bat certes pas des records de vélocité, mais *Suhaili* fait mieux que de se traîner... Moitessier est encore loin derrière lui, heureusement, forcément, mais il se rapproche.

Le cap Horn est passé. Et *Suhaili* tient le coup, ne menace plus de se briser à la prochaine houle. C'est presque miraculeux. Robin Knox-Johnston voudrait remercier le ciel, mais il ne peut pas. Parce qu'il y a comme une épine dans sa tête qui l'empêche de hurler sa jouissance du Horn. De se laisser aller au plaisir comme il se devrait. Il a un Français aux trousses et l'honneur de la marine britannique sur les épaules. Dans son journal de bord, il écrira YOUPEEE !, mais il y a là trop de majuscules pour que cela traduise fidèlement ses sentiments.

C'était près de Taiaroa Head, un cap de la Nouvelle-Zélande, que l'histoire avait changé. Juste avant, en longeant l'île Stewart, Robin Knox-Johnston avait songé pour la dernière fois qu'il n'en pouvait plus, que *Suhaili* ne survivrait jamais au Pacifique, qu'il devait abandonner là cette quête trop grande pour lui.

Et puis, un pêcheur, un inconnu sur les falaises, l'avait repéré ; il avait pu hurler sa présence. Bruce Maxwell, un journaliste du *Sunday Mirrors* arpentait la côte à sa recherche. On l'avait prévenu sans tarder. Quelques mots échangés à la nuit tombée.

Maxwell pourrait proclamer au monde entier qu'il était bel et bien vivant. Robin Knox-Johnston ne se doutait pas à quel point son infini silence était interprété comme un avis de décès. Sans radio, comment savoir ? Comment imaginer ce qu'il advenait du monde, de la course, où en étaient les autres ? Il y avait pensé, parfois, mais l'essentiel de son temps, il l'avait consacré à tenir le coup, à soigner *Suhaili*.

Quand Maxwell lui avait confirmé qu'il était en tête, lui avait dit que Bill King avait abandonné, c'était comme un horizon qui s'était ouvert devant lui. Et vite refermé. Car un autre de ses concurrents était encore capable de le rejoindre avant l'arrivée. Moitessier. Selon Maxwell, le Français rattrapait même son retard dans des proportions inquiétantes.

Cette nuit-là, après cette rencontre fantomatique, la seule présence humaine dont il put profiter en 300 jours de mer, Robin Knox-Johnston continua sa route avec une conviction et une angoisse. Jusque-là, il avait juste survécu. Il voyait à peine plus loin que le bout de son étrave.

Désormais, il se bat. Et pas seulement pour aller jusqu'au bout. Mais pour gagner.

Cette course hors normes fait découvrir aux êtres ce qui se trouve tout au fond d'eux. Robin Knox-Johnston a une âme de compétiteur. Peut-être le pressentait-il avant quand, par trop d'obstination, d'obsession, il a perdu Sue. Sue, son amour d'enfance, qui l'a quitté alors que *Suhaili* prenait la mer pour la première fois. La mer, c'était la fin de la plus belle histoire de sa vie, c'est Sara, sa fille, qu'il ne verrait plus que de port en port. C'est tout cela qu'il avait mis dans la balance, lui qui semblait si sérieux, si sage.

Mais là, sur l'océan, il éprouve mieux encore sa volonté. Il ne se voue pas qu'à la mer. Il veut se donner à la victoire. Et il a le droit d'en être fier. Sans forfanterie aucune. On ne se vante pas sur un bateau. C'est juste l'évidence de chacun de ses gestes qui le lui dit, cette petite voix qui lui a permis de ne pas abandonner, de ne pas toucher terre là-bas vers la Nouvelle-Zélande qui le lui répète avec obstination : il deviendra un géant des mers. On parlera de lui dans les écoles de voile.

Parce qu'il veut tout gagner. Parce qu'il va tout gagner. Ce serait la juste rançon de son courage, de sa force, de son poignet ferme sur la barre, de son impassibilité dans la tempête. Il a affronté la mer du Sud avec son vieux *Suhaili*. Il a failli y perdre un œil, une jambe, la vie peut-être. Et il est passé. Il est passé le premier. Il a affronté le cap Horn. Toujours le premier. Il l'a fait. La justice veut qu'il gagne le Golden Globe Challenge.

Le tour du monde le plus rapide, Robin Knox-Johnston ne l'aura pas. Il en a fait son deuil, il y a longtemps. Avant le départ peut-être. Quand il a décidé de confier sa carcasse au solide mais peu profilé *Suhaili.* Mais être le premier à arriver. Il le veut plus que tout. Il s'est lancé assez tôt pour cela. Que *Suhaili* tienne bon et la gloire sera là.

Mais toujours, Moitessier se rapproche. Robin Knox-Johnston n'aurait plus qu'à espérer que le sort s'en mêle. Mais même quand il jure sous le ciel noir, un marin ne souhaite pas l'avarie d'un autre marin. Jamais. Et puis à quoi bon ? Moitessier est plus fort que le mauvais sort.

Le Français n'est pas qu'un marin. Il dit la séduction de la mer à ceux qui ne la connaissent pas, comme Henry de Monfreid autrefois. Et les océans le laissent passer, les écumes semblent sensibles à son charme… Les vents sont avec lui. Il déclame un poème au Horn, et le Horn le laisse passer. Il raconte qu'il ne court pas, il dédaigne la radio, la technologie, il vit comme un yogi émacié, en tailleur sur le pont, à regarder les oiseaux. Et ça fonctionne.

Moitessier avale les milles, Moitessier slalome entre les tempêtes pour tout lui voler. Alors, Robin Knox-Johnston barre jusqu'à l'épuisement, cherche les vents porteurs, pour raccourcir son infini chemin jusqu'à l'Angleterre. Pour la gloire.

Et toujours, Moitessier se rapproche.

Chapitre XVIII

Paris, 18 février 1969

– On va dans le mur, là ! Et toi, t'es ministre, t'as les cartes en main. On dirait que tu ne t'en es pas encore rendu compte !

– Secrétaire d'État, Paul...

– Oui et tu veux construire des piscines, je sais. Tu es inutile dans ton petit bureau comme tu étais inutile dans ton cabinet. À croire que ça te plaît de ne servir à rien. Mais on les voit, nous, les rues, comme ça suinte, comme ça pue encore l'utopie... Si on ne se bouge pas, c'est fini. On s'en prend une le 27 avril. Et c'est fini !

Paul raccroche. Furieux. Joseph Comiti pose à son tour le combiné, respire aussi profondément qu'il le peut, comme avant d'entrer au bloc, lorsqu'une intervention difficile est au menu. Il est resté chirurgien, il en a le sourire retenu, le geste mesuré, et nul n'a vraiment compris pourquoi il est entré en politique, à quarante-cinq ans bien sonnés.

Son gaullisme est certes proverbial, sa détestation de la gauche glandeuse, des cocos et des étudiants aux idées trop larges pour leur QI n'est plus à prouver. Mais il n'en a pas fait le cœur de son existence, comme Paul. Paul, le garde du corps, l'homme qui est prêt à prendre une balle pour sauver le Général, qui le souhaite peut-être. Mourir pour la France. Ouvrir grand le poitrail face au feu ennemi. Ce qui l'emmerde, Paul, c'est la qualité des adversaires : des mal-remis du mois de mai, des hontes molles sur pattes. Il en regrette le temps de l'OAS, des gars droits dans leurs bottes qu'il fallait dégommer les premiers. L'existence à pile ou face.

Mourir, Joseph est contre. Il opère les gens pour cela, pour les garder encore un peu en ce monde. C'est peut-être pourquoi il se fait tout petit devant Paul. À cause de cette ivresse du vide qu'il ne comprend pas.

La pile des dossiers sur la droite de son bureau lui donne la nausée, tous ces cartons consacrés à la construction du Parc des Princes. « Le cœur de ton mandat », lui a glissé Couve de Murville à l'heure de sa nomination... Secrétaire d'État à la jeunesse et aux sports. Le dernier des derniers d'un gouvernement. Le sommet anonyme d'une carrière tardive et discrète. Qu'est-ce qu'il croit, Paul ? Ce n'est pas en augmentant les heures de gym aux gamins qu'il va sauver la présidence. Comme si le Général avait besoin de lui. D'ailleurs, tout le monde le dit, depuis le sale printemps 1968, le vieux est comme ailleurs, perdu dans ses pensées, et n'écoute plus personne.

« Le sport, la belle affaire, ça ne nécessite tout de même pas un ministre. À peine un architecte », avait dit Paul, juste après la fin du mois de mai, quand on avait écarté cette lavasse de Pompidou et qu'il était entré à Matignon pour la première fois, plus impressionné qu'il ne l'aurait voulu.

À peine un architecte... Monsieur le Secrétaire d'État remâche sa salive comme s'il allait lui trouver du goût. Il tapote son bureau du bout des doigts. Il sonne, attend les pas saccadés dans le couloir, s'éclaircit la voix.

– Pourriez-vous faire monter Julie, s'il vous plaît ?

Il essaie de ne pas lire l'ironie dans le regard de sa secrétaire, il ne sait que trop les petites rumeurs qui courent, à cause de cette phrase souvent répétée. Julie et ses jupes courtes, le mouvement de ses bras quand elle réunit ses cheveux en queue de cheval, l'érotisme souriant et juvénile qu'elle dégage. Il n'y est pas tout à fait insensible, c'est pour ça qu'il ne lui avait pas montré la porte lorsqu'il avait découvert qu'elle n'avait pas même pris la peine de rédiger un dossier de candidature.

– Je sais, avait-elle dit alors, je suis la chienlit… tout ce que vous détestez.

Elle se riait du régime. Elle était tout entière à sa jeunesse. Elle avait surtout un aplomb sans faille, une manière fine et légère de dire ce qu'elle pensait, sans aucune timidité. « Un ministre gaulliste engage une gréviste de mai. » Joseph Comiti avait imaginé les titres des journaux. Puis il s'était rappelé que même les journalistes politiques avaient du mal à se souvenir de son nom.

À Julie, il avait signé un contrat de stage de six mois, sans un regard sur la mine de sa secrétaire, qui ne voyait que le démon de midi pour expliquer un tel aveuglement.

– Bonjour, mon oncle.

Elle l'appelle mon oncle avec un petit ton ironique. Elle est la nièce d'un vieux copain d'Ajaccio. Pas la sienne. Il lui aurait bien mis deux gifles et dit de retourner chez sa mère, de cesser de se planter là, toute fière de son indécence, comme si ses vingt-deux ans la rendaient indispensable, comme si elle ne lui devait pas le respect, comme s'il était d'un autre temps.

Julie dit des mots en couleur, des mots chantants qui éclairent le gris de son costume. Il se sent un peu plus vivant quand elle est là et ça l'énerve au plus haut point.

Il symbolise la droiture, les choses telles qu'elles doivent être. Elle est le monde quand il déborde, bruyant, impertinent, insupportable.

– Asseyez-vous, Julie.

– Merci, mon oncle.

Même le remerciement sonne comme une insolence. Joseph Comiti marche maintenant dans la pièce de long en large, le menton haut. Il sent qu'il fleurit un peu trop ses phrases, qu'il a besoin de la convaincre un peu plus que nécessaire, ce n'est pas de la séduction, pas tout à fait, il ne rêve pas de la renverser sur le bureau, mais il veut se sentir grand dans ses yeux, plus grand, plus imposant que les maigrelets à la peau pâle munis de leurs cartables et de leurs idéaux qui font l'assaut de sa chambre. Du moins l'imagine-t-il à en perdre le fil de sa phrase.

– Le Général pense qu'il s'en sortira parce qu'il est le Général. Qu'on lui fera confiance une fois encore. Il imagine que les Français ne seront pas assez cruels pour le congédier, après qu'il les a sauvés deux fois...

Mai 68 avait mis le régime dans les cordes. Le général de Gaulle, qui avait incarné la France combattante en 39-45, qui avait accepté l'indépendance de l'Algérie et mis fin à une interminable guerre coloniale, le héros indomptable, ne semblait plus capable de reprendre le combat. Il était en Roumanie alors que Georges Pompidou, son Premier ministre, donnait le ton de la réponse étatique. Et puis, dès son retour, il avait semblé ne pas comprendre ce qui lui arrivait, avant de quitter la scène, disparaissant une journée entière, rejoignant le général Massu, laissant poindre les scénarios les plus fous. Il était revenu vieilli. Il y avait des rides sur la statue du grand homme.

Il avait certes essayé de reprendre la main. Mais le référendum flou qu'il avait concédé, à savoir le transfert de certains pouvoirs aux régions et la fusion du Sénat et du Conseil économique et social, était à mille lieues des aspirations de la jeunesse. Personne ne se laissait prendre à cette diversion et de Gaulle le savait : c'est sa personne qui serait l'objet du vote. Il avait mis sciemment sa tête sur le billot, croyant ou voulant croire que toute une vie vouée à la patrie lui permettrait de poursuivre son œuvre encore un peu. La jeunesse voulait Mitterrand, les raisonnables pensaient que Pompidou, tombé dans une marmite de bon sens quand il était petit, était désormais le seul à pouvoir apaiser la France.

Mitterrand, Pompidou… Un reptile opportuniste et un nain dodu. Il en avait la nausée, de Gaulle, et il répétait aux intimes que ce n'était pas possible, que la France avait assez conscience de son histoire pour ne pas le rejeter.

Julie s'accroche, cherche un semblant de sens dans ce fatras de paroles.

– Vous voulez que je vous dise ce que devrait faire le Général ?

– Il faut qu'il puisse toucher la jeunesse, les vôtres, qu'on se rappelle qui il est.

– On le sait qui il est. On n'en a juste rien à foutre.

Joseph Comiti lui récite comme un mantra l'appel du 18 juin, le « je vous ai compris » d'Alger, cet invraisemblable parcours, ce roc de courage.

– Sauf qu'il a fui, qu'il s'est planqué à Baden-Baden. Et pas à cause des nazis, pas face à des armées, mais devant des jeunes gens, des jeunes comme moi. Comment voulez-vous qu'on le respecte, mon oncle ?

Elle repart droite dans sa jupe, comme si elle avait dit tout le nécessaire. Il passe son temps à tailler ses crayons, l'esprit vide, en se disant qu'en cas de défaite le 27 avril, la parenthèse politique dans laquelle il s'est glissé risque fort de se refermer. Paul et ses gros bras, dehors ! Joseph et son chantier du Parc des Princes, dehors ! Adieu de Gaulle et les Comiti !

Et puis, on frappe à la porte. C'est elle, toujours elle, qui se plante devant son bureau, résolue et amusée aussi.

– De Gaulle, il est encore populaire chez les vieux militaires, les gens en costume sombre, comme vous, ou ma mère et son aspirateur, mon père et son pavillon. Parce qu'ils ont encore dans la tête qu'il a sauvé la France. Alors ils vont voter la confiance par habitude. Mais ça ne suffira pas. Parce que les autres sont trop nombreux. Parce qu'il y a eu les Beatles et Cohn-Bendit, parce que l'Université est encore chaude des slogans de l'été passé… Parce que la France a été sauvée depuis trop longtemps pour qu'on se souvienne qu'elle a été menacée.

Il sent bien à trop la regarder qu'il est poussiéreux pour son époque, raide, comme Couve de Murville, comme tous les ministres en rangs d'oignons sur la photo. À visiter l'inauguration d'une centrale, à s'extasier devant un complexe industriel, le phrasé bien audible, en faisant ressortir les syllabes, en appuyant sur le verbe.

– De quoi voulez-vous me parler, Julie ?

Une pensée brève pour Daniel qui a déjà quitté sa couche et qui lui aura laissé un livre. C'est un peu mieux que rien.

– De Moitessier.

Il laisse résonner le nom qui ne lui était pas complètement inconnu mais qu'il ne parvient pas là, sur l'instant, à replacer. Un entraîneur de rugby, un espoir du 110 mètres haies ? Et quel rapport avec de Gaulle ? Elle veut le piéger, elle se moque de lui.

– Vous êtes responsable des sports et vous ne connaissez pas Moitessier ?

Il n'y avait pas que de l'ironie, plutôt un rien de gêne et c'était pire.

Voilà qu'elle saisit un stylo et qu'elle crayonne la grande feuille qu'il a scotchée sur le mur du fond pour élaborer le planning avec ses meilleurs collaborateurs. Elle lui dit le Golden Globe. Oui, il s'en souvient, mais Tabarly n'y participe pas. Et la voile française, c'est Tabarly, un vrai, un dur, pas ce Moitessier... Elle l'a pris en traître, mais il se rappelle maintenant : ce maigre barbu avec ses airs de fakir...

Et puis elle évoque *Vagabond des mers du Sud*, un ouvrage étonnant, des horizons insoupçonnés, un bréviaire, des lignes qui ne peuvent que plaire aux jeunes épris de liberté. Et là, aujourd'hui, ce même Moitessier bat des records de vitesse. Il n'a pas même pris de radio, il se situe comme hors du temps, et pourtant il va plus vite que les autres !

Que Monsieur le Secrétaire d'État se rende compte de la bombe qu'il tient entre les mains : le premier tour du monde en solitaire, sans escale. La fierté du sport et de la marine française représentée par un type qui pourrait séduire la jeunesse... Elle déroule le fil et il mord à l'hameçon. Il mord d'autant plus qu'elle lui montre, inscrite dans le journal du jour, la date supposée de l'arrivée de Moitessier. À la mi-avril, présumait-on. On imaginait même qu'il dépasserait un Robin Knox-Johnston, parti des mois avant lui, dans la dernière ligne droite. Un suspense de feu. Comme Anquetil et Poulidor qui tenaient la France en émoi. Mais en ridiculisant les Anglais en prime.

– Ça, Julie, c'est un coup qui pourrait vous valoir une prolongation de stage...

***

– Vous êtes sûr de vous, Comiti ?

En principe, le Général n'est plus accessible qu'à quelques rares proches. Inutile d'espérer lui faire passer un message lors d'un conseil des ministres. Mais Couve de Murville n'a pas voulu prendre ses responsabilités. On le lui a dit : de la science-fiction, votre histoire, Comiti. On lui a conseillé d'en rester à ce qu'il savait faire : inaugurer des salles de gymnastique, construire des piscines. À peine un architecte.

Mais il a insisté. Peut-être pour ne pas avouer à Julie qu'il était incapable d'aller jusqu'au bout. Et puis, les rumeurs qui remontent de la rue sont de plus en plus inquiétantes. Le référendum fleure le non, la claque ultime.

On lui a concédé un rendez-vous au Palais, avec des collaborateurs personnels du Général. Joseph Comiti sent comme une boule dans sa gorge, dans son costume tout gris, avec des documents dix fois raturés dans sa serviette de cuir.

Et là, aux portes de l'Élysée, il explique une nouvelle fois. Moitessier arrive le 12 avril (ou le 13 ou le 15, premier c'est la seule chose qui compte). C'est un camouflet pour l'Angleterre, un honneur pour la France. Un exploit digne de Lindbergh. Et de Gaulle est là pour l'accueillir, à Plymouth, pour lui dire la fierté de la patrie.

Il image, Comiti : de Gaulle qui fait un discours depuis les côtes anglaises. La symbolique est énorme. Et ce Moitessier qui plaît aux jeunes. On lui épingle une Légion d'honneur. La France est fière et indivisible. Et le peuple, qui votera une semaine plus tard, comprend qu'il n'est pas encore l'heure de se passer du vieux héros, qu'il a encore quelque chose à dire au monde.

Joseph Comiti s'emballe, lui qui ne brille pas toujours par la qualité de ses discours, s'émeut lui-même quand il sent résonner ses mots, vibrer ses bras. Évidemment, les sous-fifres ont le sourcil désapprobateur. Mais avec le Général, ce sera différent, il connaît les « êtres », il comprendra.

On finit par le faire entrer. Le Général se montre courtois, plus enthousiaste et combatif que Joseph Comiti ne l'imaginait. Il parle de médecine et de la Corse, il met son interlocuteur à l'aise, il l'écoute sans l'interrompre. Et puis…

– Et pour quelle impérieuse raison devrais-je décorer votre Bombard chevelu ?

– L'image, mon Général. Votre présence à la télévision, le

pied de nez à l'Angleterre. Cette stature internationale que vous êtes seul à avoir.

Le vieux dirigeant joint les mains devant son visage, comme s'il se recueillait. Séparer la flagornerie, la dévotion parfois, de la juste information est un travail de chaque jour. Une discipline nécessaire pour qui ne veut pas se laisser enfermer dans une tour d'ivoire.

– Vous pensez tous que je suis trop vieux pour gagner tout seul…

C'est comme un souffle désabusé. La douleur lente d'un homme qui se rend compte que même les statues s'érodent…

– Qu'importe. Préparez-moi ce voyage. J'irai. J'irai célébrer la gloire de la marine française… Si votre homme ne chavire pas d'ici là.

– Il ne chavirera pas, s'entendit répondre Joseph Comiti, récitant comme un catéchisme ce que lui avait raconté Julie. Sur la mer, il fait ce qu'il veut.

Chapitre XIX

Dépêche ATS du 5 mars 1969

Cet après-midi, à Londres, nous avons pu rencontrer Clare Crowhurst, épouse de Donald Crowhurst, le marin solitaire dont les exploits lors du Golden Globe Challenge mettent en émoi le Royaume-Uni. Elle a accepté de répondre à quelques questions.

Comment expliquez-vous l'engouement qui entoure les performances de votre mari ?

Clare Crowhurst : Donald, tous ceux qui l'ont rencontré vous le diront, est un homme doté d'une force de conviction étonnante. J'ai parfois l'impression que les événements se soumettent à sa volonté. Il y a un an, il était seul à imaginer qu'il pourrait se lancer dans une pareille aventure, et aujourd'hui il bat des records de vitesse sur les océans. Je crois que le public s'en rend compte, et comprend toute sa valeur et son talent.

Pourtant, il est peu probable que votre mari remporte l'un des deux challenges du *Sunday Times*, qui semblent promis à Bernard Moitessier, voire à Robin Knox-Johnston en ce qui concerne le premier arrivé...

Clare Crowhurst : Mon mari a mis du temps à tirer tout le potentiel de son bateau. Comme vous le savez, son expérience de la mer était assez limitée. Il était conscient, en partant à la fin octobre, que même si tout se déroulait au plus près de ses vœux, il ne pourrait rattraper les premiers concurrents. Mais il démontre jour après jour le bien-fondé de ses innovations techniques, que, s'il avait pu tirer le maximum de *Teignmouth Electron* dès le départ, même Moitessier n'aurait pas pu suivre son rythme. C'est, je crois, une importante démonstration, à laquelle le public est sensible.

Être une femme de marin, est-ce vivre dans l'attente et l'angoisse perpétuelle ?

Clare Crowhurst : Ce n'est pas tous les jours facile, je ne le cache pas. Mais je tiens à dire qu'on exagère souvent le côté solitaire de ceux qui partent en mer. Mon mari est tout sauf un égoïste. C'est un père très prévenant, un homme délicieux au quotidien. Et il ne s'agit pas d'un cas isolé. Lors de la fameuse photo de janvier (NDLR : Le *Sunday Times* avait réuni sur un bateau les femmes des concurrents encore en course, à savoir Françoise Moitessier, Evelyn Tetley et Clare Crowhurst, puisque Robin Knox-Johnston, fraîchement divorcé, ne fait état d'aucune compagne officielle), j'ai eu l'occasion de longuement parler avec Françoise et Eve. Elles aussi vivent une relation beaucoup plus riche, beaucoup plus forte que ne l'imaginent ceux qui nous regardent avec compassion et se demandent comment nous faisons pour vivre cela. Les rencontrer m'a donné beaucoup de force et de confiance, même si je n'en manquais pas.

Et comment vos quatre enfants appréhendent-ils cette bien longue absence ?

Clare Crowhurst : Ils ont fait de grands progrès en géographie, suivent patiemment le trajet de leur père sur une grande carte. Ils rêvent aussi, beaucoup. Mais comme ils partagent ma confiance en Donald, ce sont presque toujours des rêves joyeux.

Pour l'ATS

Propos recueillis par Simon Meier, correspondant à Plymouth

Chapitre XX

Mars 1969

Partir de Plymouth pour rentrer à Plymouth, c'est devenu au fil du temps comme partir de nulle part pour aller nulle part.

Baie du cap de Bonne-Espérance, mardi 18 mars 1969

– Qu'est-ce que c'était que ce con-là ? Un fou dangereux, sûrement ! J'te jure, s'approcher autant du pétrolier avec sa coquille à voile, tout ça pour nous catapulter un message ?

– C'est sûrement important...

– Important mes fesses ! Au lance-pierre, son message ! L'a jamais entendu parler d'un truc qui s'appelle une radio ? Ou un télégramme, je sais pas ?

– Elle est peut-être cassée.

– Mouais. Si elle était cassée, la première chose à faire serait d'accoster pour la faire réparer non ? Vu la gueule du rafiot, ce serait pas la seule chose à réparer, d'ailleurs. Et regarde. Regarde ce qu'il écrit ! Tu y comprends quelque chose à son délire ? « Je continue sans escale vers les îles du Pacifique... » ? Qui fait ça ? Hein, qui ? Un fou, j'te dis.

– Il précise qu'il faudrait transmettre sans délai à un certain Robert, du *Sunday Times,* en Angleterre.

– Ouais, ben on va transmettre, et tant pis s'ils comprennent rien. On sera pas les seuls comme ça.

Rédaction du *Sunday Times*, mardi 18 mars 1969

Le stagiaire entre en courant dans le bureau de Robert. Celui-ci le regarde en grimaçant. *On ne vous a jamais appris à frapper ?* Sans un mot, il dépose sur son bureau la mince feuille de papier qu'il tient dans la main et regarde le visage de son chef se transformer pendant sa lecture.

– C'est arrivé quand ?!

– Il y a une heure à peine. Transmis par un pétrolier, le *British Argosy,* actuellement en ravitaillement dans la baie du Cap, en Afrique du Sud.

Robert relit encore une fois le message qu'il a entre les mains. Décidément, ce Bernard a le sens de la formule ! Il n'en croit pas ses yeux. Il se lève précipitamment et court à son tour pour trouver Murray Sayle. Lui qui se plaignait de n'avoir plus grand-chose à raconter sur la course depuis quelque temps, il va être servi ! Une bombe, c'est une véritable bombe !

France, mercredi 19 mars 1969

Julie s'appuie contre le mur d'un air nonchalant et presque satisfait. Elle ne peut s'empêcher de sourire devant l'air atterré de Joseph Comiti. Lui a le regard perdu, la une du jour ouverte et froissée sur le bureau. Il soupire. Elle n'essaie même pas de cacher son admiration pour ce foutu marin, cet homme si « libre ». Cet homme qui, décidément, ne représentait pas la France mais suit juste ses envies… Cet homme qui, sans le savoir, le met dans une merde noire. Comment va-t-il annoncer cette nouvelle au Général ?

– Désolée, mon oncle. Je vous avais bien dit qu'il ne respectait pas les règles…

Presse Suisse, jeudi 20 mars 1969

Course à la voile autour du monde

Sur le point de gagner l'épreuve, Moitessier refuse de rentrer

Paris, 20 mars (ATS-AFP) – Françoise Moitessier informe son mari qu'il se trouve en tête dans la course autour du monde. Tous, en France comme en Grande-Bretagne, attendent l'arrivée du *Joshua* à Plymouth.

« Très surprise, ne comprend pas pourquoi décide changement itinéraire », tel est le texte d'un message que Mme Moitessier, la femme du navigateur solitaire qui vient de décider de faire un second tour du monde au lieu de revenir en Europe, a demandé à l'agence France-Presse de bien vouloir transmettre à la South African Broadcasting Corporation afin qu'il soit radiodiffusé par cette station.

Mme Moitessier espère que son mari entendra cet appel (…)

France, vendredi 21 mars 1969

Il y a parfois des messages simples qui ne peuvent être compris, et d'autres qui ne peuvent être reçus. Ce message, c'est celui de la dernière chance pour Françoise. Il est très peu probable que son mari le reçoive. Et même s'il l'entend, il n'en fera sûrement qu'à sa tête, comme d'habitude. Comment accepter ce revirement de situation ? Elle ne comprend pas. Il avait TOUT en main pour gagner, il serait entré dans l'Histoire, il aurait raflé les deux prix ! Et il abandonne. Tout. La victoire, la célébrité, l'argent... et elle. Elle, il avait dû y penser. Il y avait sûrement pensé. Il ne pouvait pas ne pas y avoir pensé. Elle a toujours fait confiance à son mari, ils forment une équipe, et c'est la première fois qu'elle se sent à ce point désemparée. *Bernard, qu'est-ce que tu me fais là ? Est-ce que tu vas bien ?*

Elle repense à la déclaration qu'elle avait faite aux journalistes, deux mois auparavant. Le *Sunday Times* avait voulu faire une photo des épouses. Ces charognards ! Elles s'étaient tenues les unes contre les autres, elle, Clare Crowhurst et Eve Tetley, à la fois rivales et complices dans leurs solitudes, sur le pont du *Discovery*. Ce vestige d'une expédition polaire ratée convenait à merveille comme décor photographique, avec ses longs mâts et la Tour de Londres en arrière-fond. Elle se sentait bien, à ce moment-là. Confiante. Tellement confiante qu'elle avait annoncé avec un sourire son ambition de devenir la première femme à réaliser un tour du monde sans escale. *J'ai déjà passé une fois le cap Horn, moi.* Et le journal avait titré « Les veuves de mer qu'ils ont laissées derrière eux ». Foutus journalistes, avait-elle pensé. Mais maintenant, elle se demande s'ils n'avaient pas eu raison. Bernard était parti depuis de longs mois déjà, mais c'est la première fois depuis ce départ qu'elle le sent véritablement aussi loin d'elle. *As-tu perdu la tête, mon amour ?*

Quand elle avait reçu ce coup de téléphone de Londres il y a deux jours, lui annonçant l'abandon de son mari, elle avait d'abord été incrédule. On avait dû lui relire le laconique message trois fois d'affilée, et elle n'y croyait toujours pas. C'était un canular, un coup monté pour vendre des torchons, un stratagème pour les déstabiliser... Puis était apparue la colère : comment osait-il lui faire ça ? Elle comptait si peu à ses yeux qu'elle devait apprendre une telle décision en même temps que le reste du monde ? N'aurait-il pas pu commencer par essayer de communiquer avec elle, de la prévenir ? Et finalement la tristesse et l'inquiétude commençaient à arriver. Hier, les Éditions Arthaud lui avaient communiqué que, dans le colis reçu de la part de Moitessier à Bonne-Espérance, parmi les dernières pellicules et les écrits, il y avait une lettre qui lui était adressée. Elle avait à la fois hâte et peur de la lire. Car son laconique message envoyé au *Sunday Times* était clair. Incompréhensible, mais clair.

Cher Robert,

Le Horn a été arrondi le 5 février, et nous sommes le 18 mars. Mon intention est de continuer le voyage, toujours sans escale vers les îles du Pacifique, où il y a plein de soleil et davantage de paix qu'en Europe. Ne pensez pas s'il vous plaît que j'essaie de battre un record. « Record » est un mot très stupide en mer. Je continue sans escale parce que je suis heureux en mer, et peut-être aussi parce que je veux sauver mon âme.

Elle sait que bientôt, on lui demandera d'expliquer le choix de son mari, de le justifier aux yeux du monde. C'est bien beau, mais qu'est-ce qu'elle pourrait bien leur dire, aux journalistes ? Elle n'en sait pas plus qu'eux, voire moins. Bernard a intérêt à être un peu plus explicite dans sa lettre que dans ce message. Il continuait sa route, parce qu'il était heureux en mer. Heureux, dans son élément, et sans elle.

Peut-être comprendra-t-elle mieux sa décision à la lecture de la lettre.

Peut-être.

Chapitre XXI

Il a course gagné, mais s'efforce de ne pas écouter la petite voix murmurant qu'il peut commencer à y croire. Il reste des dizaines de milles à parcourir et autant de risques, alors que *Suhaili* craque de tous côtés. Le vieux voilier souffre et le fait savoir, même s'il continue son avancée placide, à l'allure d'un homme au pas. Plus courageux que jamais.

Donald Crowhurst a battu des records et Nigel Tetley n'en finit pas d'accélérer, mais ces deux-là doivent se contenter d'un duel pour le tour le plus rapide. Le premier à le boucler, ce sera lui, Robin Knox-Johnston, et personne n'oubliera plus ce nom.

Non, ne pas y penser, pas encore...

Il a vérifié tout ce qu'il a pu, refait ses calculs : il devrait atteindre Falmouth d'ici trois jours, quatre au maximum. C'est du moins ce qu'il a annoncé au cargo qui croisait sa route, lors de son dernier contact radio. Il ne voit pas de tempête se lever à l'horizon, il se sent suffisamment en forme pour supporter ces dernières heures de fatigue, il lui reste quelques boîtes de conserve, même s'il ne touche plus à la viande depuis des semaines. Ces maux de ventre... mon Dieu ! Il a bien cru que c'en était fini, il se voyait déjà faire route vers le port le plus proche pour soigner ce qu'il prenait pour une appendicite. Alors que c'était simplement son corps qui ne voulait plus de ce corned-beef moisi. Il terminera la course en végétarien.

Il regarde ses mains cornées, fendues, ses ongles noircis. Il repousse cette pensée : « On l'a fait... » Ce serait trop bête, après tout ce qu'ils ont traversé, *Suhaili* et lui, que la malédiction du vendredi finisse par les rattraper. Depuis qu'il a passé les Açores, il sait qu'il lui suffit de garder concentration et lucidité, manœuvrer au plus simple et attendre. Éviter le trafic, qui ne va cesser d'augmenter. Pour le reste, tout est plutôt calme et il dispose d'un peu de temps pour la rêverie, vu qu'il a terminé ses lectures et ne se sent pas le courage de recommencer *Guerre et paix*. Dans ses heures de demi-somnolence, il se met à revoir sa course, ces jours de tempête et de désespoir, la douleur à l'œil, le risque insensé qu'il a dû prendre pour réparer sa coque tant bien que mal. Ce jour-là, il a ressenti comme jamais cette impression : on voit et on perçoit le risque toujours après. Il aurait pu mourir dix fois, mais n'y a pensé qu'après avoir recouvré la sécurité. De là à dire qu'il serait mort sans s'en apercevoir...

Il se souvient aussi de la beauté des couchers de soleil, de ce cachalot aperçu à quelques mètres, du vent qui hurle quand il forcit dans les voiles. Des vagues qui claquent contre la coque, si violemment qu'on les dirait de pierre. Et l'horizon... Il a vécu plus de 300 jours dans quelques mètres carrés et s'il devait résumer en une sensation cette aventure, c'est la grandeur, l'espace, l'infini qui lui viendrait à l'esprit.

Il s'est senti parfaitement à sa place. Vivant.

Il faudra leur expliquer, à tous. Il les imagine déjà, les

journalistes, ses parents, sa fille... Qu'est-ce qu'elle aura changé, la petite Sara ! Près d'un an de plus, à cet âge, ça compte... Est-ce qu'elle le reconnaîtra ? Aura-t-il changé, lui aussi, à part la barbe, la peau tannée par le sel et les vents, les cheveux épaissis par les embruns ? Et saura-t-il retrouver une vie qu'ils appellent normale ? Il sait qu'il retournera en mer, après, plus tard, une fois que tout sera apaisé, mais entre-temps ? Il faudra s'habituer à la terre ferme, à se coucher dans un lit. Retrouver un sommeil de plusieurs heures d'affilée. Arrêter de parler seul.

Les nuages se sont écartés pour dévoiler un clair de lune presque éblouissant. Robin Knox-Johnston laisse son regard se perdre dans l'écume de son sillage. Il a hâte de retrouver les siens, de savourer cet exploit que beaucoup, il y a quelques mois encore, pensaient impossible. En même temps, il commence déjà à craindre le contrecoup. Dans le tourbillon des sollicitations, connaîtra-t-il la nostalgie de la solitude ? Il voulait cette victoire et la gloire qui va avec, mais saura-t-il les supporter ?

Suhaili le berce doucement, comme pour le rassurer. Robin Knox-Johnston se couche sur le pont, les yeux dans les rares étoiles qui défient la clarté de la lune. Il imagine les bateaux, dans trois jours, venir à sa rencontre. Il croit déjà apercevoir ses parents se tenant par la taille, fiers et ne cherchant pas à le cacher. Il revient à Sara... Aura-t-elle sa Barbie ? La fillette sera-t-elle coiffée avec des couettes ou aura-t-elle réussi à convaincre ses grands-parents de lui couper les cheveux à la garçonne, suivant cette drôle d'idée qu'elle avait eue la veille de son départ ? Il se figure les photographes, entassés sur les canots à moteur. Leurs appels pour qu'il fasse un signe.

La foule sur les quais de Falmouth... Ils étaient des centaines de milliers pour l'arrivée de Francis Chichester, combien seront-ils pour saluer cette première circonvolution ? Devrait-il prévoir ses premiers mots, une phrase historique pour la BBC ? Que dira-t-il de Moitessier ? Ils ne manqueront pas de l'interroger à son sujet. Que lui auront-ils préparé ? Du champagne, un coup de canon, un *dram* de whisky ? Il a gardé un fond de Talisker en se promettant de le savourer le dernier soir, mais peut-être devrait-il le conserver pour trinquer devant les photographes ? Parlera-t-il des moments de peur, de son régulateur d'allure brisé, de la tentation d'abandonner, des maux de ventre ?

Et toi, mon bon vieux *Suhaili*, que vas-tu devenir ?

***

Ce lundi 21 avril, au moment où il approche du port de Falmouth, Murray Sayle est frappé par le nombre de voitures stationnées dans les environs. Apparemment, toute l'Angleterre sait que l'arrivée de Knox-Johnston est annoncée pour le lendemain. Il faut dire que les curieux ont eu le temps de converger ici : il se traîne, le brave *Suhaili*, dans ces derniers milles. Pas franchement aidé, il est vrai, par les conditions météorologiques. Il fait froid, les vents ne cessent de changer de direction, à croire qu'ils veulent faire durer le plaisir. Tiens, il faudra penser à poser la question à Robin Knox-Johnston : ressent-on encore du plaisir, après 312 jours de mer ?

Impossible, ce soir, de trouver une table pour manger dans un des pubs du port. Le journaliste se contente de deux pintes et d'un sandwich avalés debout au bar. De toute façon, c'est la meilleure place pour écouter les discussions qui s'animent entre marins et néophytes. Il remarque l'admiration mêlée d'excitation croissante. Il est question de Knox-Johnston, évidemment, mais beaucoup se passionnent aussi pour la lutte en vue de la deuxième place. Et l'on parle surtout de Donald Crowhurst. « En fait, il est en train de montrer que l'inventivité et la technologie peuvent rivaliser avec l'expérience de la mer », pérore un gentleman-farmer aux favoris roux.

Il est à peine 9 heures du matin, ce 22 avril, quand l'envoyé spécial du *Sunday Times* embarque sur un canot à moteur aux côtés de sir Francis Chichester et d'un caméraman de la BBC. Ils vont à la rencontre du vainqueur et Murray Sayle comprend d'emblée qu'il n'aura pas besoin d'exagérer dans le registre lyrique pour faire ressentir la portée de ce moment. Il lui suffira de décrire le froid, le crachin, l'émotion de Chichester. *Suhaili*, qu'ils aperçoivent d'abord au loin, puis qui se rapproche, petit et dodu. Il racontera les 19 bateaux qu'il a comptés dans cette flotte hétéroclite et le voilier un peu perdu là au milieu, balancé par les vagues, qui semble ne plus avancer, comme s'il se montrait timide, craintif face à la foule massée sur les quais. La coque est rouillée, les algues s'accrochent sous la ligne de flottaison. À la proue, dans un ciré jaune fatigué, Robin Knox-Johnston sourit en levant le bras droit. Murray Sayle écrit mentalement un passage de son papier : « Vous vous demandez à quoi ressemble un homme après quasiment une année de mer? Un homme qui a réalisé l'un des plus grands exploits de l'histoire de la marine ? Le voici : hilare, hirsute et les pouces levés. »

Il racontera aussi 15 h 25, quand *Suhaili* coupe sa ligne de départ. Il dira le bruit du canon, prolongé par les sirènes et les cornes de brume de tous les bateaux du port. Il lui faudra trouver les mots pour évoquer l'immense clameur montée des quais, les casquettes qui s'envolent, les embrassades entre inconnus. Il s'autorisera un brin d'ironie : « Ce soir, les pubs de Falmouth vivront eux aussi une soirée historique. »

Il n'oubliera pas les retrouvailles de Knox-Johnston avec sa famille. Le journaliste est tenu à distance par la foule : il aperçoit de loin les parents du marin et sa fille sauter sur le pont de *Suhaili*. Il doit se contenter de deviner l'émotion, les étreintes, les premiers mots.

À côté de lui, le journaliste de la BBC s'égosille. « Ça y est, pour la première fois depuis 312 jours, Robin Knox-Johnston a posé le pied à terre ! » Un pied ferme, d'ailleurs, sûr de lui. On lui glisse une bouteille de champagne dans la main, il la tend au-dessus de la tête pour les photographes, ne pense même pas à l'ouvrir. Il se tourne de tous côtés, distribue ses sourires, s'excuse de ne pas sentir très bon. « C'est l'odeur de l'exploit », lance un jeune homme en long manteau rouge.

Le protocole veut que le service des douanes lui pose la question rituelle : « Quel était votre port de départ ? » lâche, sans même un sourire, un douanier aux moustaches impériales et aux épaulettes luisantes. « Falmouth », répond Knox-Johnston, impassible, au milieu des cris de joie.

Murray Sayle tient la chute de son article.

Chapitre XXII

Dépêche ATS du 11 mai 1969

Une issue inéluctable ?

La folle remontée de l'ingénieur Donald Crowhurst semble lui assurer de boucler le tour du monde le plus rapide, aux dépens de son ultime adversaire, le solide Nigel Tetley.

Le tour du monde en solitaire sans escale ni assistance a été réalisé. Il restera, pour l'éternité, propriété du jeune trentenaire Robin Knox-Johnston, le nouveau grand visage de la course au large. Et nul doute que c'est l'exploit qui restera gravé dans la mémoire du grand public.

Pourtant, le Golden Globe Challenge du *Sunday Times* n'en est pas tout à fait terminé. En effet, l'organisation attribuera un second prix au marin le plus rapide à effectuer une circumnavigation. Et si Knox-Johnston a enthousiasmé le monde entier par son endurance et son courage, force est de constater que son embarcation, *Suhaili,* n'est pas un foudre de guerre.

Des innovations majeures

Cette course d'une ampleur nouvelle a aussi été le théâtre d'innovations majeures dans le monde de la voile. Personne n'imaginait que les trimarans, ces nouveaux bateaux à trois coques, puissent affronter l'adversité du Pacifique. Deux marins ont prouvé le contraire. Nigel Tetley et Donald Crowhurst sont en train de boucler leur tour du monde sur ce qui pourrait bien être le bateau du futur.

Mais là où Nigel Tetley est un marin valeureux qui a eu le courage de s'embarquer sur un bateau de nouvelle génération, adoptant au large le comportement de ses glorieux aînés, Donald Crowhurst a tout de l'inventeur fou, de celui qui bouscule le bon ordonnancement de sa discipline.

Les innovations que ce fervent technicien a patiemment concoctées dans son atelier trouvent jour après jour leur justification. Après un départ poussif, sous les quolibets des marins à l'ancienne, lui reprochant son atypisme et son manque d'expérience en haute mer, Donald Crowhurst a su donner sa pleine mesure, battant, le 15 décembre dernier, le record du monde de distance parcourue en 24 heures par un voilier (243 milles).

Radio hors d'usage

La position exacte de Crowhurst, dont la radio est malheureusement hors d'usage, fait aujourd'hui débat en Angleterre, et est l'objet de nombreuses médisances de la part des marins « traditionalistes ». Il se trouve que Donald Crowhurst préfigure vraisemblablement ce que seront les bateaux des prochaines décennies. Et que le déroulement de la course, les avancées annoncées ces dernières heures ne laissent pas place au doute. L'arrivée de Crowhurst et de son révolutionnaire *Teignmouth Electron* constituera une autre date forte de l'histoire de la voile.

Car à l'heure où nous écrivons ces lignes, le courageux Nigel Tetley ne semble plus pouvoir s'opposer à la victoire de son adversaire. Et nul doute que le triomphe de Donald Crowhurst sera un coup de pied salutaire dans un monde de la voile enfermé dans ses principes, et dans une vision passéiste de la course au large.

Pour l'ATS
Simon Meier, correspondant à Plymouth

Chapitre XXIII

Il sait bien ce qu'on dit de lui.

Non : il sait bien qu'on ne dit rien de lui ou pas grand-chose. Il a désormais compris qu'il compte à peine dans cette course folle où Moitessier a séduit autant les foules que les spécialistes, en volant au-dessus des vagues avant de s'évanouir vers sa légende. Cette course où Knox-Johnston navigue avec sérieux. Précis, impitoyable, efficace, extraordinairement résistant et fichtrement ennuyeux. Et où l'autre farfelu, là, ce Donald inconnu, a fini par se révéler comme étant un foutu marin.

De Nigel Tetley, ici au milieu, on retient ses repas de snob accompagnés de musique classique. C'est de sa faute, aussi, il n'aurait pas dû lancer cette pellicule sur un bateau croisé au milieu de nulle part, en chargeant le capitaine de la faire parvenir au *Sunday Times*. Évidemment, ils ont choisi la photo où il s'est mis en scène attablé et bien coiffé, la barbe shampouinée. Il ne lui manquait que le rince-doigts et la serviette nouée autour du cou. C'était Noël, il avait mijoté une sauce aux champignons pour accompagner son faisan rôti et trouvait amusant de se tenir aussi droit que s'il dînait à la table de la reine. Il pensait, surtout, que sa chère Eve serait rassurée de le voir aussi soigné.

Ce qu'ils ne savent pas, c'est que deux jours avant ce repas de fête, certes solitaire, mais pris dans une cabine rangée comme un salon de thé de Kensington, *Victress* s'est ramassé en pleine trogne une lame monstrueuse, de celles qui peuvent fracasser n'importe quelle coque. Quinze mètres de haut, au moins, estime-t-il. Sans exagérer et même s'il exagère, qu'est-ce que ça peut faire ?

Non, ils ne savent pas les heures d'angoisse à grelotter dans le noir. Il n'a pas dit le froid, le bruit, les larmes de rage quand il a cru que jamais cette tempête ne finirait et qu'il entendait son vieux trimaran sangloter lui aussi en le suppliant de mettre fin à leur calvaire. Comment, après avoir vu cette photo, pourraient-ils comprendre l'eau partout, l'impossibilité de sécher ses vêtements, cette sensation de clapoter dans ses bottes, des jours durant ? Comment leur expliquer les odeurs, le vomi, les mains en sang ?

Dans ses messages radio, il préfère parler de Mozart et Schubert, de Sibelius et Boccherini. Il n'omet jamais de les mentionner pour contenter Music for Pleasure, le label qui parraine son bateau et lui a fourni 80 cassettes, juste parce que, dans l'interview où il annonçait sa participation à la course, il a raconté qu'avec Eve et les enfants ils écoutent toujours de la grande musique en naviguant. Alors, il le répète dès qu'il le peut, même si, en réalité, il n'entend rien, la plupart du temps. Rien d'autre que les hurlements de l'océan, qui lui sont devenus plus familiers que les Lieder de Schubert.

Oui, il sait ce qu'on raconte, mais tout va changer. Ils vont bien devoir admettre, tous, que quand les mers et les temps se font durs, Nigel Tetley sait se montrer coriace. Depuis quelques semaines, oubliés, les petits plats et les sonates. Désormais, il trime et ne dort plus, il se bat, il pue et il aime ça. Il faudra, plus tard, qu'il trouve les mots pour leur expliquer. Pour dire le bonheur du combat contre les vents, contre la mer quand elle a décidé de vous secouer jusqu'à vous faire comprendre que vous n'êtes pas le bienvenu ici. Un combat singulier, parce que vous l'aimez, la mer, et que vous luttez uniquement pour qu'elle vous accepte. Comment dire, à l'inverse, cette joie quand il s'agit de trouver le moyen d'avancer alors que l'air est mort comme un dimanche à Douvres et l'eau plate comme la Serpentine River ? Quand les journées s'étirent et que vous devez résister à l'appel du sommeil, à sa séduction de sirène, parce qu'on ne sait jamais, un début de brise pourrait se lever. La pétole, honnie des marins, il a aussi appris à l'apprécier. Là, oui, il a profité de ses cassettes et jamais il n'oubliera cette sensation, quand sa stéréo crachait la *Symphonie inachevée* vers la mer d'huile qui servait d'horizon.

Il leur dira tout ça et ajoutera cette drôle de découverte : avec la course, il apprend la rage de se battre non seulement contre les éléments, mais aussi contre les autres concurrents. Il n'y aurait pas cru, lui qui voyait de la noblesse dans le défi solitaire de tour du monde. La compétition, à ses yeux, avait la vulgarité d'un concours de tire-pipes. Mais il s'est pris à ce drôle de jeu. Sans oublier que l'océan, lui, ne joue pas.

En ce début de 1969, ils ne sont plus que trois en course. Nigel Tetley a souri quand il a appris le coup de génie de Moitessier, qui a osé afficher avec panache son mépris de la course. Bernard, sacré Bernard… À jamais le plus grand ! Il admirait le marin, il a découvert l'homme, tombant lui aussi sous son charme de mage, lors de leurs inoubliables journées de Plymouth. Il l'a écouté raconter ses aventures, son cap Horn et les îles du Pacifique, dans son anglais à la Maurice Chevalier. Il s'est inquiété, d'ailleurs, à l'automne, pendant les semaines où il entendait dire que Bernard ne donnait plus de nouvelles. Knox-Johnston non plus. Les deux meilleurs marins disparus ? Nigel ne pouvait y croire, mais il a quand même été profondément soulagé en apprenant qu'ils étaient réapparus, en pleine forme. Et bien plus avancés sur leur route qu'on pouvait le penser.

Moitessier parti rejoindre son rêve, il reste donc le fade Robin et ce drôle de vilain canard qui refuse le rôle de nigaud que tous lui réservaient. Crowhurst, l'ingénieur que personne ne croyait capable de quitter même les rives de l'Angleterre, bat désormais record sur record au point de lui coller aux fesses. Knox-Johnston est trop loin devant, il n'y a plus de doute qu'il sera le premier à boucler son tour du monde. Bravo à lui. Mais Tetley peut encore être le plus rapide. Depuis qu'il a appris à quel rythme avançait Crowhurst, il s'est mis en tête d'accélérer à tout prix. Pas question de se laisser remonter par cet inventeur de pacotille.

Ils vont bien voir, tous, ils vont bien devoir admettre…

Alors, il pousse sa bonne vieille *Victress*. Elle aussi veut leur montrer ce qu'elle vaut, il le sait, il le sent, ils se connaissent depuis si longtemps. Il a promis de la ramener intacte, mais il sait déjà qu'elle aura au minimum pris un coup de vieux, la brave *Victress*. Elle a commencé à l'implorer, mais Tetley ne peut se permettre d'écouter ses plaintes. Il ne l'entend pas plus que la *Water music* de Haendel dans les soirs de tempête.

Cette remontée vers l'Angleterre commence à lui paraître interminable. À ce rythme-là, l'hurluberlu ne va pas tarder à le rattraper. Mais comment fait-il ? Comment a-t-il trouvé ces vents ? Et si c'était vrai, ses histoires d'inventeur génial ?

Il faut accélérer, *Victress*, s'il te plaît, tu peux encore, j'en suis sûr. Je sais, tu fais de ton mieux, mais ça na va pas suffire…

Plus vite.

S'il te plaît…

Encore.

Déjà que je ne compte pas dans cette course, déjà qu'ils se moquent de moi, de nous.

Montrons-leur, je t'en prie.

Oui, tu le peux…

Ce qu'il n'a pas dit, non plus, ce sont les jours entiers passés à rafistoler sa vieille complice. Les morceaux de contreplaqué fixés tant bien que mal, le régulateur d'allure arraché par une vague un peu plus cruelle que les autres, l'eau jusqu'aux genoux, une nuit, alors qu'il est descendu dans la coque pour évaluer les dégâts d'une tempête à peine plus violente que les précédentes. Mais c'était une de plus, presque celle de trop. Et finalement non, pas encore.

Il n'a pas dit, et surtout pas à Eve, que *Victress* avance comme un fantôme. Comme elle peut, carcasse déglinguée qui refuse de s'avouer vaincue.

Nigel n'a plus de nouvelles de Crowhurst et ne veut plus en recevoir. Il sait que leur course s'achèvera au coude à coude et ça lui suffit pour s'encourager à ne rien lâcher. Ils sont trois en course, il y aura un perdant, un seul, et il ne peut imaginer une seconde être le loser de cette histoire. Pas après tout ce qu'il a vécu. Alors il se bat, malgré les supplications de *Victress*.

Le 22 avril 1969, à 18 h 12, Nigel Tetley boucle son tour du monde en solitaire sans escale. Et personne ne s'en souviendra. C'est à l'image de ma course, peut-être de ma vie, écrit-il dans son journal de bord. Ce jour-là, en effet, il rejoint son itinéraire de descente de l'Atlantique, coupant la ligne virtuelle tracée six mois plus tôt. Un tour complet, qu'on le veuille ou non, en 179 jours. Il est le premier à réussir cet exploit sur un multicoque. Et ils continuent de penser que ça ne compte pas, que rien ne compte tant que vous ne rejoignez pas votre point de départ. Ce que réussit Knox-Johnston, ce même 22 avril, ramenant *Suhaili* à leur point de départ. Comme si la voile n'était qu'une question de port à atteindre. Alors que c'est la mer, seule, qui importe. C'est Bernard qui a raison, il faudrait ne jamais quitter le grand large.

Sauver mon âme…

Il commence à penser qu'il va y arriver. Ils devront bien admettre… Il a oublié Mozart et Sibelius et tâche de se concentrer sur les lamentations de *Victress*. Attentif à chacun de ses soupirs, il la pousse à continuer, un jour de plus, une nuit encore, nous allons réussir, je sais que ça fait mal, je sais que tu souffres. Ne m'abandonne pas.

Victress n'en peut plus. *Victress* se déglingue, radeau dérisoire lancé dans une lutte sans espoir. Ses sanglots émeuvent Nigel, mais il veut croire qu'il lui reste un peu de souffle. Quelques semaines encore, quelques jours, nous y sommes presque, je sais que je peux compter sur toi…

Le mardi 20 mai 1969, Nigel Tetley et *Victress* naviguent en brinquebalant au large des Açores quand s'annonce une nouvelle tempête. Pas la plus violente qu'ils aient affrontée, pas la plus longue, mais celle de trop. Le trimaran rafistolé n'ose pas avouer qu'il n'a plus la force de lutter. Ils y vont ensemble, tête baissée, dans un sursaut désespéré.

Un craquement comme un cri, un hurlement comme une agonie. Cette nuit-là, *Victress* s'avoue vaincue et Nigel, les larmes mêlées au sel brûlant des embruns, ne peut que constater la coque déchirée, le mât fracassé, les voiles qui pendouillent lamentablement dans la mer d'encre. Il n'a pas le temps d'avoir peur, encore moins de lâcher une prière. À peine celui d'empoigner la radio pour lancer les mots les plus détestés des marins : « Mayday, mayday, mayday... »

Il lui reste à mettre son canot de sauvetage à l'eau, avant d'y sauter à pieds joints. *Victress* ne comprend pas cet abandon et s'accroche comme elle peut : une drisse retient le canot et manque de le faire chavirer. Nigel murmure dans le vent : « *Victress*, ma chère *Victress*, merci, mille mercis pour tout ce que tu as fait, pour tout ce que nous avons vécu, mais là, nous devons nous séparer. Il faut me laisser aller, il le faut... »

Il parvient à tirer son couteau de sa ceinture et à couper le dernier lien qui le retenait à sa vieille amie.

Après des heures de nuit désespérée, ballotté par des vagues hautes comme des immeubles, Nigel Tetley est recueilli par un tanker italien. Huit mois de solitude l'ont rendu bavard : avec le capitaine, avec les membres d'équipage, il parle sans s'arrêter, raconte à qui veut l'entendre

Mozart et les repas solitaires, la beauté des soleils levants et des nuits étoilées. Il aimerait tout dire, sauf cette image qui ne s'effacera plus : *Victress* éparpillée dans le noir de la mer, ses voiles avalées par les vagues, claquant un appel déchirant dans la tiédeur de la nuit.

Chapitre XXIV

Quelque part dans l'Atlantique, mai-juin 1969

Tout semble vaciller pour Donald, ce 29 mai : il vient d'apprendre par télégramme la fin de *Victress* et le repêchage de Tetley. Les mots de Clare sous les yeux, il réfléchit activement à la réponse qu'il va donner – et qui paraîtra à coup sûr dans la presse. Après plusieurs tentatives et deux pages de gribouillis biffés et rebiffés, il finit par reprendre le ton badin et léger qu'il a utilisé lors de ses dernières communications. *Autant continuer à sembler confiant.*

TOUTES MES SYMPATHIES À L'OCCASION DE CE VILAIN TOUR DE DAVY JONES[2] – ME RÉJOUIS SAUVETAGE DU CAPITAINE

Mais, dans son esprit, c'est la tambouille pure et dure. Il se sent pris au piège. *Les dieux doivent aimer les mélodrames...* Robin Knox-Johnston étant arrivé, il ne restait que lui et Tetley en lice pour les 5000 livres. Donald avait résolu quelques semaines auparavant de laisser Nigel Tetley gagner, afin de s'épargner le risque d'être découvert. Quelle ironie du sort : sans son tour du monde exceptionnel mais mensonger,

---

2. Davy Jones est un surnom qui peut désigner le diable des océans. L'expression *Davy Jones's locker* (le casier de Davy Jones) est utilisée pour désigner le fond de la mer, là où reposent les marins perdus.

Nigel aurait ménagé ses efforts et son bateau, il n'aurait pas fait naufrage, et serait arrivé sain et sauf pour gagner le prix du tour le plus rapide. Et sans ce naufrage, Donald aurait pu rentrer, héros malheureux du podium, mais applaudi malgré tout pour son courage et sa performance. Il aurait pu garder secrètes ses manigances, personne n'aurait épluché ses journaux de bord pour tenter d'y déceler une trace de triche... Or, maintenant, il n'a plus aucune chance de ne pas gagner ! Les yeux du monde sont fixés sur lui, et jusqu'à la fin du voyage. Pour être moins rapide que Knox-Johnston, il devrait encore traîner plus de deux mois dans l'Atlantique, ce qui dépasse toute limite du vraisemblable. Il doit continuer d'avancer, et trouver une solution pour être certain qu'on ne le prendra pas en faute. Il va relire l'intégralité de son faux journal, vérifier avec autocritique la moindre de ses estimations annoncées. Il devra répondre aux questions des sceptiques une fois rentré, et il aura intérêt à avoir une bonne histoire pour chaque faille possible. Mais que répondre quand on lui demandera pourquoi il a si peu communiqué de positions exactes ? Il se promet de trouver un bon argument d'ici son arrivée. Les prochaines semaines s'annoncent compliquées.

Jusque-là, il avait la sensation d'avoir réussi à rendre son histoire crédible. La chance y était certes pour quelque chose, comme lors de son « escale » clandestine dans le río Salado quelque temps plus tôt, pour réparer le flotteur de son trimaran. Alors qu'il pensait être arrivé dans un endroit discret, suffisamment éloigné de Buenos Aires et de toute civilisation, il avait réussi à jeter l'ancre à quelques encablures à peine d'un poste de garde-côtes ! Jusqu'au moment où l'officiel a posé un pied sur le pont du *Teignmouth Electron*, malgré son parcours chaotique, Donald n'avait encore contrevenu à aucune règle de la Course... Cependant, par une heureuse méprise, Donald Charles Alfred Crowhurst s'était transformé sur le rapport officiel en Mr Charles Alfred ! Comme si « Donald » était une version étrangère du titre « *Don* » espagnol, et la mention de Crowhurst avait tout bonnement disparu. Toutes les autres informations concernant le numéro de passeport ou l'immatriculation du bateau étaient correctes. Au moment de signer, Donald s'était senti béni dans son mensonge : la chance était de son côté, c'était la preuve qu'il avait pris les bonnes décisions et que tout allait bien se passer. Il avait donc pu réparer son flotteur, embarquer des vivres et tout cela passerait inaperçu aux yeux du monde (et du *Sunday Times* !). Confiant dans la suite de sa supercherie, il avait repris la mer le 8 mars. Il restait attentif aux parcours des autres concurrents – c'était sur eux que se basaient ses prédictions de retour –, avait supporté le retour à la solitude en mer, le poids de la duperie et surtout celui de l'attente. Le temps était long, près de six semaines encore jusqu'au moment où il pourrait faire enfin cap vers le nord, vers l'Angleterre ! Il avait estimé à trois mois sa traversée du Pacifique présumée, et décidé que le 15 avril serait une bonne date pour son passage fictif du cap Horn. Il n'aurait pas d'images du Horn, mais cela n'était pas nécessaire à le rendre crédible. Il lui aurait sûrement suffi de raconter la violence des éléments, et tout le monde aurait compris qu'il lui avait été impossible d'immortaliser ce moment. Il avait choisi de faire encore plus fort, et avait noirci une page entière de son journal sur sa colère ressentie envers les revendeurs de camelote lorsque sa caméra était tombée en panne pile au moment de filmer le Cap... Pendant le mois de mars, il s'était même aventuré encore plus au sud et avait pu descendre jusqu'aux quarantièmes pour filmer quelques images de mer déchaînée, afin d'étayer son histoire. Autant pour éviter les rencontres que pour prendre quelques clichés des îles Falkland. C'était une preuve de plus, non négligeable, de la réalité de son exploit. Dans la foulée, il avait imaginé mille solutions pour reprendre contact de manière crédible avec la presse. Afin de ne laisser planer aucun doute sur sa présence dans l'océan Pacifique, il avait envoyé des télégrammes en essayant de passer par la station de Wellington. Sans surprise, c'était Buenos Aires qui avait transmis à Londres son passage du Cap, mais il sentait que cela pourrait suffire. Puis, enfin, il avait pu virer au nord et commencer à parcourir en sens inverse les milliers de milles qui le séparaient encore de sa terre natale. On approchait de la mi-avril. Les autres concurrents menaient la danse, il était dans leurs sillages. Cette remontée de l'Atlantique s'était plus ou moins bien passée. Le soleil et la chaleur qui revenaient à mesure des milles parcourus l'aidaient et échauffaient également son esprit. Entre deux calculs de position, il avait passé des heures à écrire des poèmes érotiques pour se donner du courage et garder le moral. Il fantasmait son retour vers la chair ferme...

J'ai une querelle à régler.

J'ai une querelle à régler avec toi. Tu m'as donné une bouteille entière de champagne, camarade, toute une pleine bouteille, et ça ne se garde pas, n'est-ce pas ? Vous êtes un coquin.

Vous auriez dû me donner deux demi-bouteilles, parce que je suis saoul, stupide vieux circumnavigateur, vous êtes aussi saoul qu'un circumnavigateur peut l'être <rire>. Hé, je vais vous dire quelque chose dans le plus grand secret camarade. J'ai enregistré la plus parfaite collection de c... que vous ayez jamais entendue de votre vie, camarade... Néanmoins, voyant l'état dans lequel je suis... surveillez le niveau, camarade ! Vous allez saturer le vieil hystérésis !

<Il chante>

Ne saturez pas la boucle de l'hystérésis
La boucle de l'hystérésis ne doit pas être saturée
Vous ne devez pas saturer la boucle de l'hystérésis

<rire>

Comment trouvez-vous ça ?

Ce que vous voulez savoir, camarades. Ouais, vous voulez savoir où je suis et ce que je fais. Bien. Je dois vous dire, camarade, que je ne puis très bien me rappeler si vous m'avez donné cette bouteille de champagne, John, pour le passage du cap Horn ou pour le jour de Noël ou pour le jour qui me plairait. Eh bien, j'avais décidé de la garder jusqu'au jour où je repasserais la vieille zone d'été, route au nord. Eh bien j'ai <rires>... j'ai passé cette horrible ligne qui se trouve aux environs du 36ᵉ degré de latitude sud et je suis à bout de souffle, complètement et absolument à bout de souffle, camarade. Après avoir rugi à travers l'océan austral, je me traîne maintenant à environ trois ou quatre nœuds avec toute la toile que je puis porter. Et s'il n'y avait quelque chance de rencontrer *un ouragan cette nuit, ma circumnavigation serait fortement com-om-promise, je puis te le dire, copain, parce que je ne suis pas particulièrement en état d'y faire face de toute façon et vous aurez des tas de choses à répondre lorsque vous ouvrirez ma petite boîte de Tupperware dans laquelle sont rangées mes bandes enregistrées, lorsque j'arriverai chez Davy Jones pour y boire la tasse. (...)*

Mon Dieu, nous devons faire trois nœuds à tout casser. Écoute le bruit du grand Atlantique, camarade...

Oh c'est horrible d'être dehors, camarade. Une mer comme une montagne de dix-huit pieds de haut et d'horribles grands nuages noirs et des rouleaux et des rouleaux qui se succèdent aussi loin que l'œil peut porter. Maintenant, je vais jeter un œil sur (...)

Donald interrompt son écoute. La nuit du 23 avril, il avait vidé une bouteille de champagne et s'en était donné à cœur joie avec son magnétophone. Il réécoute la bande encore une fois. Non, décidément, même ivre il n'a pas trahi son secret. Il range la bande dans la boîte étanche et commence à écouter la suivante. Les jours avancent, c'est déjà juin, l'arrivée est pour bientôt, son histoire doit être irréprochable. Il sent confusément qu'elle ne l'est pas. L'angoisse s'empare de lui.

Quelques jours plus tard, le 18 juin, il reçoit un télégramme qui l'angoisse au plus haut point. Toute la ville de Teignmouth prépare son accueil, avec l'aide du *Sunday Times* et de la BBC. Tout le monde s'enflamme pour son exploit. Donald ne voit là aucune raison de se réjouir. *Ils ne me laisseront pas en paix.*

Imperceptiblement, alors qu'il approche du tropique du Cancer, le *Teignmouth Electron* commence à ralentir.

Il aimerait entendre la voix de Clare. Alors que pendant toute une partie de son périple, il avait feint d'avoir sa radio cassée et de ne pouvoir communiquer que par télégrammes, aujourd'hui elle lui fait véritablement défaut. Il avait tout essayé pour la réparer, mais rien n'y a fait. *Clare, parle-moi. S'il te plaît, Clare.* Le 21 juin, le *Sunday Times* refuse l'envoi de pièces de rechange pour la radio de Crowhurst. Le règlement reste le règlement : pas d'assistance extérieure. Donald enrage.

Cela ne changerait rien au résultat de la Course ! Ils savent, ils doivent savoir, et ils veulent ma peau.

Le *Teignmouth Electron* est presque à l'arrêt.

Le 23 juin, il entame un nouveau calepin, dont il noircit les pages à une vitesse folle. Il évoque le Christ, le kraken, il philosophe sur sa place dans le Grand Jeu. Il sent que c'est cette œuvre que l'on attend de lui, que ce qu'il comprend à l'instant de l'absurdité de la vie sera ce qui restera de toute cette farce. L'humanité comprendra, grâce à lui et grâce à son témoignage.

L'homme acceptera-t-il, de sa propre et libre volonté, la stipulation que lorsqu'il aura appris à manipuler la continuité espace-temps, il possédera les attributs de Dieu ? Le choix ne comporte rien d'autre…

Le *Teignmouth Electron* commence à dériver.

Le 25 juin, il fait une pause dans son écriture pour se couper les cheveux. Le nouveau calepin est rempli, et il a reçu un message de Hallworth :

BBC ET EXPRESS VOUS ATTENDRONT AVEC CLARE ET MOI AU LARGE DES SORLINGUES – VOTRE TRIOMPHE AMÈNE À TEIGNMOUTH CENT MILLE PERSONNES [...]

L'homme est amené à certaines conclusions que par la seule force de ses erreurs. Aucune machine ne peut fonctionner sans erreur ! Le seul ennui avec l'homme, c'est qu'il prend la vie trop au sérieux.

Il répond le 28, par ce qui peut passer pour un trait d'humour :

ENCALMINÉ TROIS JOURS – BATEAUX À VOILES ONT UN PORT DE DESTINATION MAIS PAS D'ETA[3]

Le 30 juin, après avoir envoyé un message à destination de Clare, lui enjoignant de rester chez elle et de ne pas se rendre à sa rencontre, Donald éteint définitivement son émetteur-récepteur. *Nous sommes encore des singes et il nous faut des corps de singes pour porter notre intelligence et donner une réalité mécanique à nos idées. Si vous tuez le singe, l'ordinateur s'arrête.*

Le *Teignmouth Electron* est complètement à la dérive.

Il est 11 h 17, le matin du 1er juillet.

Je n'abandonnerai le jeu
que si vous êtes d'accord pour que
la prochaine fois que ce
jeu sera joué, il le sera
selon les
règles qui ont été fixées par

3. *Expected Time of Arrival.*

mon grand dieu qui a
enfin révélé à son fils
non seulement la nature exacte
de la raison de ces jeux mais
aussi la vérité de la solution pour
finir le prochain jeu
C'est fini
C'est fini

C'EST LE SALUT[4]

Donald Crowhurst pose son crayon et balaie du regard la cabine, comme pour vérifier que tout est à sa place.

Il se dirige vers l'échelle et sort sur le pont.

Le ciel est clair et dégagé. Il prend une grande inspiration.

Le *Teignmouth Electron* continue seul sa lente progression vers nulle part.

---

4. Les passages en italiques de ce chapitre sont en majorité des extraits du journal de bord de Crowhurst, tel qu'il a été retranscrit par Tomalin et Hall dans leur livre *L'Étrange Voyage de Donald Crowhurst*.

Chapitre XXV

Londres, juillet 1969

– Vous me croyez, maintenant.

Ce n'était pas une question, juste un constat lâché avec l'amertume de celui qui n'a pas su convaincre. Avec aussi un arrière-goût aigre de « je vous l'avais bien dit ». Sir Francis Chichester refuse le siège que Ron Hall lui a désigné du tuyau de sa pipe. Un regard sur les traits tirés du rédacteur en chef a suffi au vieux marin pour comprendre la raison de son invitation. Il n'a rien à ajouter pour l'instant, juste à attendre les explications du journaliste, qui tire sur sa bouffarde, les yeux plissés derrière ses épaisses lunettes.

– Vous avez réfléchi en marin, nous avons agi en journalistes. À vous l'instinct, l'intuition, à nous les faits, les sources que l'on recoupe. Nous ne pouvions pas mettre en doute les positions indiquées par Crowhurst sans avoir de preuves tangibles de ses mensonges. Mais je vous concède que nous aurions dû être plus prudents. Ou, du moins, avoir l'enthousiasme plus modéré. C'est pour cela que je vous ai invité aujourd'hui. Pour vous présenter nos excuses et, surtout, pour vous offrir une nouvelle occasion de vous exprimer. Vous aurez la possibilité de prendre position officiellement dans l'enquête de Nicholas

Tomalin que nous allons publier dimanche. Il a fait un boulot remarquable, fouillé. Son papier est inattaquable. Tout sera limpide, désormais. Ce sera dur pour Clare… Je pense que je vais signer un édito pour expliquer notre démarche. Le public risquerait de ne pas comprendre : d'un côté, nous appelons aux dons pour venir en aide à cette veuve et à ses quatre enfants. D'ailleurs, à ce propos, vous avez vu que Knox-Johnston a offert son chèque de 5000 livres remporté pour le tour le plus rapide ? Seigneurial, non ? Et donc les lecteurs ne comprendraient pas que d'un côté nous lançons cette souscription pendant que, de l'autre, dans le même journal, nous révélons la supercherie, sans doute une des plus folles tricheries de l'histoire du sport. Je me ferai un devoir d'expliquer que la disparition de Donald Crowhurst reste un malheur terrible et qu'il mérite plus la pitié que l'opprobre.

Ron Hall a parlé d'une traite, en laissant sa pipe refroidir dans le cendrier de cristal. Chichester s'est tourné vers la fenêtre et observe le parc, au-delà du boulevard grisâtre, où quelques hippies viennent fuir la touffeur de cet été peu ordinaire. Il préfère ne pas interrompre cette logorrhée, pour laisser redescendre sa colère contre le tricheur et ceux qui n'ont pas voulu le croire. Dénoncer la supercherie, il en est persuadé, n'était pas seulement une question de justice, de vérité, ces notions qui auraient dû titiller les journalistes. Non, c'était aussi une chance de sauver un homme. Même si son âme, elle, s'était perdue.

Malgré tout le mépris qu'il peut avoir pour son attitude, Francis Chichester ne peut s'empêcher de penser que si Donald Crowhurst avait su que ses mensonges étaient découverts, sans doute ne se serait-il pas enferré dans son imposture. Il aurait pu rester lucide et accepter sa défaite. Peut-être serait-il toujours en vie, parce qu'il serait rentré au port, n'importe lequel, il y a longtemps. Au final, au lieu de la honte de l'échec et des pertes financières, il y a une veuve et quatre orphelins de père.

– Vous m'écoutez toujours ? Bon, je vous explique comment ça s'est passé…

Le jeudi 10 juillet, au matin, Ron Hall préparait un article sur le lancement du compte à rebours pour le décollage d'Apollo 11 (« C'est parti : dans cinq jours, 13 heures et 32 minutes, l'humanité s'envolera pour écrire une page extraordinaire de son histoire… »), quand un coup de fil lui a appris que *Teignmouth Electron* a été retrouvé, vide, à environ 600 milles des Açores, par un cargo qui faisait la traversée vers les Caraïbes.

« Ça, vous le savez déjà », lance-t-il à Chichester, toujours tourné vers la fenêtre fermée. Il sait aussi que le RMV *Picardy* a croisé le trimaran à la dérive non loin de l'endroit où le *Mary Celeste* a été retrouvé, un siècle auparavant. Les journaux n'ont pas manqué de rappeler l'étrange coïncidence et de tisser des liens entre ces deux bateaux fantômes.

Ron Hall a réagi immédiatement. Murray Sayle n'est plus à Londres depuis plusieurs semaines, il a été envoyé au Vietnam où ses reportages de guerre rendent jaloux les confrères américains. D'autres reporters éprouvés se trouvent déjà à Cap Canaveral, parmi les 3500 journalistes venus couvrir le décollage de Neil Armstrong, Buzz Aldrin et Michael Collins. Mais le *Sunday Times* ne manque pas d'enquêteurs de talent. Comme le jeune et brillant Nicholas Tomalin, tout heureux de prendre le premier vol pour la République dominicaine. Le *Picardy*, qui a hissé *Teignmouth Electron* à bord, doit arriver dans trois jours. Le photographe Frank Herrmann l'accompagne, ainsi que Rodney Hallworth : à l'aéroport, les journalistes ont retrouvé le bouillant attaché de presse de Donald Crowhurst. Il a perdu son enthousiasme et arbore un visage aussi gris que son costume fané. Il se trouvait chez Clare, l'autre soir, quand deux policiers sont venus annoncer qu'on avait identifié le trimaran vide.

– Les recherches vont se poursuivre, ils retrouveront Donald.

Il savait qu'il mentait et s'en voulait de voir dans les yeux de Clare qu'elle le croyait.

À Santo Domingo, en attendant le cargo, les trois hommes ont le temps de partager leurs interrogations et de mettre en commun ce qu'ils savent de cette disparition et du parcours de Donald Crowhurst. Bar de plage, margarita et cuba libre, même si le cœur n'est pas à la fête. Quand le *Picardy* finit par accoster, ils montent à bord pour rejoindre Richard Box, le capitaine. Officiellement, l'homme qui a retrouvé *Teignmouth Electron* a expliqué qu'il soupçonnait une chute malheureuse de Crowhurst alors qu'il filmait des poissons ou des dauphins.

– C'est une déduction que j'ai faite après avoir découvert tous ces films dans la cabine… Tous ces films, mais pas de caméra ! J'imagine donc qu'il est tombé à l'eau avec elle.

Dans les articles annonçant la découverte du trimaran, les journaux ont repris cette déclaration, en y ajoutant celle de

Chichester : « Avec la fatigue, aucun marin n'est à l'abri d'une erreur d'attention. » Et sir Francis d'ajouter, dans un hommage teinté d'hypocrisie :

– C'est vraiment malheureux, mais ce navigateur peu commun a disparu en pratiquant ce qui lui tenait le plus à cœur.

À bord du *Picardy*, Richard Box paraît nerveux. Il prend Rodney Hallworth à part, laissant les deux journalistes pénétrer dans le voilier fatigué. Ils avoueront plus tard leur émotion en découvrant ces traces de vie, la vaisselle sale, le sac de couchage crasseux. Et les odeurs...

– Il y a un truc bizarre, commence le capitaine, face au regard fatigué de Hallworth... Ses journaux de bord : il y en a deux. Un qui paraît normal, même si les indications de position, à première vue, semblent fantaisistes. Et un deuxième, couvert de textes étranges, de délires... Je l'ai feuilleté, il m'effraie. Vous devriez le regarder de plus près. La dernière entrée date du 1er juillet, dix jours avant que nous repérions le bateau.

Richard Box n'a pas aimé voir les abîmes où la solitude et la mer peuvent entraîner un homme.

– Entre nous, je trouve qu'il y a des pages que vous devriez arracher. Imaginez que sa famille tombe sur ces folies...

– Son journal de bord, on pourrait le voir ?

Nicholas Tomalin n'a pas eu besoin d'insister, le capitaine s'y attendait. Le journaliste y passe une heure, une deuxième, incrédule d'abord puis excité par cette évidence qui prend de plus en plus la forme d'un énorme scoop. Un peu peiné, ensuite, à l'idée que personne n'ait osé remettre officiellement en cause les performances de Crowhurst. La vérité jaillit sous ses yeux, dans cette écriture serrée qui semble lutter pour rester régulière, comme celle d'un enfant appliqué à suivre les lignes bleues du cahier : « Il n'a pas quitté l'Atlantique », murmure Tomalin à son collègue photographe qui vient parfois jeter un coup d'œil par-dessus son épaule.

– Il n'a pas quitté l'Atlantique...

Il faut le répéter pour y croire.

Le soir, au bar de la plage, le regard de Rodney Hallworth passe de sa margarita à l'horizon orangé. Nicholas Tomalin le fixe :

– J'ai en ma possession les deux journaux de bord. J'ai bien remarqué qu'il manquait des pages. Je ne vous accuse de rien, je constate simplement que le capitaine Box vous a montré ces carnets avant de me les remettre. Tout ce que je peux vous dire, c'est que les parties que j'ai lues suffisent pour que la vérité éclate. C'est mon seul but : comprendre ce qui s'est passé et le raconter.

Hallworth finit par répondre, en bredouillant. Il prétexte la panique, la peur, un réflexe de protection pour son vieil ami.

– Mais ces pages... Ces pages sont terribles.

De retour à Londres, Nicholas Tomalin a poursuivi son enquête, recoupé les informations. Plus il déchiffrait l'écriture de Crowhurst, plus il ressentait une certaine gêne, ce sentiment d'entrer dans une intimité sans y être invité. Il lisait des phrases qui ne lui étaient pas destinées, qui ne s'adressaient à personne, en tout cas à personne ici-bas. Il essayait de comprendre les formules mathématiques et les mots de plus en plus douloureux, jusqu'à ce cri, en majuscules, comme si

Crowhurst avait voulu s'assurer qu'il demeurerait bien lisible : « *It is finished – it is finished IT IS THE MERCY 11 15 00 It is the end of my game the truth has been revealed.* »

Chichester se tourne vers Hall qui s'est tu pour rallumer sa pipe.

– Je ne suis pas sûr de vouloir autant de détails. J'en veux à Crowhurst d'avoir sali la course et donc la voile, la mer elle-même. Mais cet homme a souffert, il a disparu, je pense que nous devons respecter sa mémoire. Je n'ai pas de leçons ni de conseils à vous donner, mais j'aimerais vous prier de bien réfléchir avant de publier ce genre de détails. Cela dit, je vous saurais gré de noter ceci, que vous tiendrez pour ma réaction officielle : en tant que président du jury, j'avais prévu d'opérer un examen minutieux du journal de bord de Donald Crowhurst. Le Golden Globe ne se serait pas laissé duper.

– Et s'il avait sauté ?

Chichester frémit. L'idée lui a traversé l'esprit, bien sûr, mais il l'a rapidement rejetée. Non, un marin ne ferait pas ça. « Mais cet homme-là n'est pas un marin. » Il se souvient de cette phrase, jetée il y a quelques mois au visage de Murray Sayle.

– Je sais ce que vous pensez, sir Francis, mais imaginons une seconde qu'il ait sauté. Nous ne le dirons pas aussi abruptement dans le journal, parce que nous nous contenterons des faits et les faits sont clairs, désormais : Crowhurst n'a jamais quitté l'Atlantique. Il a menti, il a triché et il a failli réussir. Mais il a disparu et les dernières pages de son journal semblent montrer que sa raison vacille. Il parle de la fin, comme quelqu'un qui va mourir. Quelqu'un qui le sait parce qu'il l'a décidé. Si nous admettons qu'il a sauté et, encore une fois, selon Nicholas Tomalin qui a dépouillé ses journaux, l'hypothèse est assez probable, pourquoi n'aurait-il pas emporté ses carnets avec lui ? Pourquoi ne les aurait-il pas jetés par-dessus bord ? Oui, je lis dans votre regard, mon cher sir Francis, que vous voyez où je veux en venir : il voulait que l'on trouve ses journaux de bord. À mon avis, il a trop souffert de ce secret. Le mensonge l'a rongé et il espérait que le monde entier sache la vérité. Même ou surtout s'il n'était plus là pour l'expliquer. Parce que, à ses yeux, toutes les explications se trouvent dans ses textes. Tout est là et quand je dis « tout », je veux dire pas seulement sa douleur, sa solitude et le dérèglement de sa raison. Il est persuadé d'avoir trouvé les explications aux mystères de la vie, de la mort… Il a eu des révélations, disons, mystiques, et tenait à les partager.

– Vous êtes en train de m'expliquer qu'exposer une souffrance aussi intime serait lui rendre hommage ?

– C'est à peu près ça, oui. D'ailleurs, je vais vous faire une confidence : avec Nicholas, nous allons poursuivre l'enquête. L'article de dimanche ne sera qu'une première étape. Il fera beaucoup de bruit, l'opinion publique retiendra que Donald Crowhurst était un tricheur. Mais nous continuerons de fouiller. Son histoire mérite au moins un livre. Il faut que l'on sache quel homme il était, quel courage il lui a fallu pour se lancer dans une aventure qui n'était pas faite pour lui. Il a aimé, il a souffert, il a disparu, son histoire est grandiose. C'est un échec, certes, mais magnifique. Il y a dans ce destin une profonde humanité qui, croyez-moi, n'a pas fini de fasciner.

Sir Francis Chichester se tait. Il ne se sent pas appartenir à un monde où l'on glorifie les tricheurs.

Chapitre XXVI

Papeete, 22 juin 1969

Ce matin, pas un bruit, pas une vague.

Pas le moindre roulis.

Comme si *Joshua* dormait à son tour.

Un silence pas vraiment silencieux, un silence qui ressemble plutôt à une absence : l'absence des sons habituels d'un bateau en mer. Les grincements des écoutes qui se tendent dans les poulies, le claquement léger et régulier de la bordure de trinquette, le fracas des vagues brisées par l'étrave... Tous ces sons qui se répondent, même en calme plat, tout ce monologue sonore d'un voilier qui communique avec son marin, tout cela a disparu. C'en est presque surnaturel.

Ce matin, Bernard Moitessier réalise brusquement qu'après 303 jours de mer, il est arrivé à Tahiti.

Il se lève pour préparer son café. Comme en mer. La cabine sent encore fort la soirée d'hier. Les quelques amis qui étaient là pour son arrivée se sont éclipsés pendant son sommeil.

J'aime cette odeur de copains et de tabac.

Quelque chose d'immense prend racine dans son ventre, se gonfle, remonte jusqu'à la gorge.

Trois cent trois jours de mer. Trente-sept mille quatre cent cinquante-cinq milles. Un tour du monde et demi.

Et maintenant, la terre. Tahiti. Et les copains qui ne sont pas loin.

Maintenant, *Joshua* peut se reposer.

Il va falloir rassembler les notes, les pellicules, et envoyer le tout aux Éditions Arthaud.

Il va falloir donner et prendre des nouvelles.

Françoise.

Loïck.

Nigel.

Mais pas tout de suite.

D'abord, goûter cet atterrissage. Cette aventure mérite d'être bien racontée.

Il écoute la houle au loin qui se fracasse contre la barrière de corail, ce récif qui protège l'atoll. Si proche, et si loin. Il tourne la tête et écoute aussi la terre. Des sons accueillants, simples comme le chant d'un grillon. Si proche, et encore si loin.

Il y a trois sortes d'hommes : les vivants, les morts et ceux qui sont en mer.

Citation apocryphe d'un Grec qui détestait jusqu'à l'idée de voyager.

La mer.

Cette délicieuse et dangereuse amante.

Peu sont ceux qui savent combien il est difficile d'en revenir, même une fois arrivés.

Chapitre XXVII

Bastia, mars 1981

Sans un article du *Nouvel Observateur*, Julie ne serait pas là, avec ses tracts mal imprimés qui dépassent de sa besace. « Faites pression sur votre mairie, c'est important ! » répète-t-elle à des gens qui ne l'écoutent pas. Des arbres fruitiers, quelle idée !

Elle a beau arborer bien haut le nom de Bernard Moitessier, il résonne à vide. Une personne, parfois, sourit, se souvient d'avoir lu *La Longue Route* autrefois. Mais le grand marin des années 1960 semble avoir sombré dans un creux de l'histoire, comme sa conception romantique de la mer.

« Pourquoi il veut qu'on plante des arbres, ton marin ? Il n'a rien de mieux à foutre ? » Rires. Julie n'y prend plus garde. Elle sait depuis longtemps déjà que sa quête est un échec mais il en faudrait plus pour l'arrêter.

Ils sont sur la terrasse du Bistrot du Marché. Ils vident leur deuxième bouteille de rosé. Fin mars en Corse, on peut débattre en bras de chemise et ils ne s'en privent pas.

C'est la table des édiles, la table des notables roués, des vieux survivants de la politique des coups tordus. L'un d'entre eux fut ministre autrefois, mais pour les autres, il se définit par son métier. On l'appelle « docteur ». C'est Joseph Comiti.

Comiti ne parle pas beaucoup. Il laisse hurler ceux qui disent qu'avec Mitterrand, les chars soviétiques seront dans Paris avant l'automne, il laisse pérorer les perfides qui racontent que mieux vaut un socialiste que cette fausse droite libérale et prétentieuse, que cet incapable de Giscard, indigne du Général, indigne de Pompidou.

Sept ans de gauche pour que la France comprenne sa douleur, et puis le retour triomphal du RPR, Chirac, Pasqua, les vrais héritiers, le retour de la droite à poigne, la vraie, celle qui règne sur l'industrie, sur l'entreprise, pas cette droite de la finance qui perd ses couilles en accumulant les dividendes. Voilà pour le programme des vengeurs.

Le rosé fait du bien à l'âme. Joseph Comiti penche la tête en arrière comme pour le garder plus longtemps en bouche. On voudrait savoir ce qu'il pense, comment il trancherait entre la peste et le choléra. Mais les élections l'intéressent assez peu. Mitterrand, Giscard, à quoi bon choisir ? Il regarde ailleurs. Cette fille, là, qui aborde les clients du café et qui lui rappelle quelque chose.

Julie passe entre les tables. Elle les a vus de loin, les pontes, elle s'en détourne presque instinctivement, elle ne prendra même pas la peine d'aller jusqu'à eux. Les petits potentats locaux qui la traitent de lesbienne parce qu'elle porte un pantalon et qu'elle a les cheveux coupés court. Ils ressemblent à son père autrefois, son père, qui curieusement s'adoucit avec l'âge, qui en est presque à écouter ses arguments quand ils partagent la même table.

C'est à lui qu'elle a montré l'article l'autre jour. À son vieil industriel de père. Il a haussé un sourcil. Il ne se souvenait pas avoir entendu parler de ce Moitessier. Elle avait souri, c'était à cause de cet homme qu'elle avait failli faire carrière dans un ministère, grâce à lui qu'elle avait appris qu'on peut changer les règles, et choisir son cap.

Julie a planté la fac. Elle a voyagé vers l'Afghanistan, vers l'Inde, ne s'y est pas plu, est revenue, s'est mariée un peu rapidement, avant de reprendre ses études, a divorcé plus vite encore. Trente-deux ans, deux gamins dans les pattes et une jolie pension (elle s'est bien mariée) qui lui laisse du temps, celui de se demander où est passée sa vie… C'est là que Moitessier est revenu dans son histoire, au gré d'un appel envoyé aux maires de France, et relayé par une poignée de journaux.

Là-bas, au bout du monde, Moitessier s'insurgeait. Que les pouvoirs publics des pays occidentaux plantent des arbres sans fruits, des arbres qui ne nourrissent pas les hommes, lui semblait d'une absurdité révoltante.

L'image de ces rues où les passants pourraient cueillir des fruits avait plu à Julie. Un idéal tout simple. Pur. C'est pour ça qu'elle avait laissé les garçons à son père, « Tu n'as qu'à t'en occuper une ou deux semaines », et qu'elle avait pris la route en Simca, pour colporter la parole d'un homme qu'elle ne connaissait pas. Dont elle n'avait lu qu'un livre, *Vagabond des mers du Sud*.

Elle n'a pas retrouvé l'ouvrage dans la librairie de son quartier. Elle est partie droit vers le sud, se jurant de convaincre les foules, de faire plier les maires, de donner un élan à l'idéal de Moitessier.

Elle a fait quelques recherches, et il ne lui a pas été facile de savoir ce qu'il devenait. Cet homme dont elle ne connaissait les traits qu'au travers d'une couverture de livre. Ce fantôme bienveillant qui lui semblait savoir quelque chose du sens de la vie.

Après avoir passé cinq caps, avoir fait le plus long voyage que l'on puisse imaginer, Moitessier avait vécu dans le Pacifique Sud. Il s'était mis en tête de faire pousser légumes et manguiers sur un atoll stérile, s'était dédié aux semis et aux plantes comme il s'était autrefois donné à la mer.

Julie a tenu jusqu'en Corse, terre de ses ancêtres. Et l'Île de Beauté semble la considérer avec plus de dérision encore que le continent. Seuls deux maires l'avaient reçue, et poliment éconduite. Et les passants, ceux qui prennent le temps de l'écouter, ne comprenaient manifestement pas l'importance de sa cause. Julie prêchait dans le désert.

Joseph Comiti fait un geste. Ou plutôt, il n'a pas su le retenir. À cause du rosé. Elle le voit. Elle s'avance, peine un instant à le reconnaître.

– Mon oncle.

Joseph Comiti est un vieux monsieur qui l'embrasse sur la joue, qui la présente à ses amis comme un curieux trophée, un souvenir de voyage dont on n'est pas bien sûr de la valeur. Il ne sait pas trop quoi dire à son ancienne stagiaire, comment la présenter à l'égrillarde tablée, et ses yeux tombent sur le tract.

– Encore votre Moitessier ? Il n'y a pas à dire, vous avez les passions tenaces !

Elle ne dit pas que Moitessier a disparu de sa vie pendant

douze ans, qu'il est tout juste revenu vers elle. Elle ne dit pas le hasard de le retrouver, lui, justement lui, ses tracts à la main. D'ailleurs, c'est lui qui parle, qui la présente enfin, mi-tendre, mi-théâtral. « Sachez que cette femme, et le marin qui l'obsède, auraient pu sauver le général de Gaulle ! »

Julie n'écoute pas la suite, les bons mots de Comiti, les rires à la table. Elle sait qu'aucun pommier ne sera planté des suites de cette rencontre... Soixante maires de France signeront l'appel de Moitessier. Une goutte d'eau dans la mer. Une goutte d'eau que Julie ne sera pas même parvenue à récolter, elle s'est démenée comme elle a pu. Elle n'a fait signer personne.

Ils rient encore, les édiles, dans un monde qui parle fort, un monde qui se mélange à ne plus se reconnaître, un monde devenu trop rapide. Un monde qui ne sait plus voir la terre, et encore moins la mer.

Julie a tourné le dos à la conversation, elle descend vers le vieux port, le visage fouetté par le vent. Mais ce matin, même l'horizon la déçoit. Les îles ne naissent plus à l'aube, ne jaillissent plus de la mer pour contenter les cœurs purs. La Corse n'est pas Sainte-Hélène.

Chapitre XXVIII

Les Sables-d'Olonne, juin 2018

Cinquante ans après, des marins passionnés d'histoire rejouent le Golden Globe. Dix-huit concurrents partent en mer en suivant les règlements de l'époque, entre bateaux au design d'antan, radios et sextant. Invité d'honneur au jour du grand départ, Robin Knox-Johnston n'est pas venu tout seul.

Ils ne s'étaient jamais rencontrés. Ils sont là, l'un à côté de l'autre sur le même ponton. *Joshua* et *Suhaili*. Le bateau de Moitessier, celui de Knox-Johnston. Le bateau qui a effectué la plus grande distance en solitaire de l'histoire. Celui qui a bouclé le premier tour du monde.

Joshua est mort plusieurs fois. Mais la coque a toujours tenu. On l'a remonté, bichonné, chouchouté. Il est une part de légende maritime. Après la mort de son génial capitaine, en 1994, il est devenu le seul témoin d'une des plus folles épopées de l'histoire de la voile.

Suhaili ballotte plus mollement sur la vague. L'homme qui l'a conduit à la victoire est toujours là. La poigne rude, le parler franc, Robin Knox-Johnston dit, là, devant *Suhaili* qui semble sagement l'écouter, devant *Joshua* qui voudrait pointer son étrave vers le large, l'élégance et le talent de Moitessier, puisque les badauds (maudits Français) ne semblent avides que de cela, puisqu'ils semblent oublier que c'est une vraie légende de la voile qui leur fait face.

Bien sûr, le Français aurait bouclé le tour du monde le plus rapide. Qui pourrait le nier ? Mais l'Anglais prétend encore que dans cette arrivée au sprint qui se profilait, il serait parvenu à garder la tête. Le premier tour du monde est le sien, et de plein droit.

Suhaili semble opiner sans grand enthousiasme. Comme les journalistes qui se demandent si les paroles du grand homme méritent une place dans l'article qu'ils préparent. Il y en aura peu. L'heure est à la technologie, à la performance, aux records défiant l'entendement. Qui s'intéresserait à une descente de Kitzbühel sur des skis de 1920, à un Tour de France sur des vélos d'autrefois ?

Ces marins purs et durs ne sont magnifiques que pour eux-mêmes, pour quelques passionnés, pour ceux qui savent la mer et ceux qui ont su profiter de ses largesses pour écrire l'Histoire.

Et puis, il y a *Suhaili*, il y a *Joshua*.

L'un est fait de pragmatisme, l'autre d'un étrange ascétisme. L'un est solide, l'autre est fait pour danser dans les vagues, l'un est construit pour aller le plus loin possible, l'autre se fiche des possibles comme d'une guigne.

Et si *Joshua* est considéré comme un trésor national en France, *Suhaili* ne figure pas sur la liste des bateaux historiques anglais : il lui manque dix-huit centimètres de longueur pour pouvoir y figurer. Ces destriers qui ont vaincu les mêmes océans n'ont pas le même statut.

On a préparé un micro, Knox-Johnston s'avance face aux journalistes. Il est admiré, révéré, mais avec un petit soupir entre les mots, un rien d'ombre sur la légende. Il est dans le *Guinness Book*, il est dans le dictionnaire. Car il n'est pas seulement le premier homme à avoir accompli un tour du monde en solitaire sans escale, il a remporté des courses fameuses, a obtenu le trophée Jules-Verne au côté de Peter Blake en 1994, l'année où Moitessier avait perdu son combat contre le cancer. Le tour du monde ne prit que 74 jours, au lieu des 312 du Golden Globe. C'était le même homme, ce n'était peut-être plus le même sport.

Bien plus tard, en 2007, il repartit pour un tour du monde en solitaire. Il fut cette fois-ci le concurrent le plus âgé à réussir la performance. Il avait soixante-huit ans. Trois fois nommé marin de l'année, il est un monstre sacré.

Seulement, lorsqu'on creuse dans l'histoire, on tombe invariablement sur un mais. La différence peut-être entre l'aura et le palmarès. Robin Knox-Johnston a fait plus et mieux que tous ses concurrents, mais il est un peu moins pionnier que Francis Chichester, un peu moins considéré que Peter Blake et Éric Tabarly. Et l'on ne prononce pas son nom avec le respect frémissant auquel a droit Bernard Moitessier. Parce qu'il restera à jamais « désespérément normal ».

D'ailleurs, si l'on évoque son passé, ses souvenirs, avec une certaine considération, ce n'est qu'un préambule, avant d'en arriver aux sujets qui passionnent... à Moitessier.

Moitessier a obtenu ce que Knox-Johnston n'aura jamais.

Il s'est montré plus fort que la course. Cela se voit encore aujourd'hui, alors que les foules se pressent autour de *Joshua*, et qu'elles le photographient à tour de bras tandis qu'elles n'accordent qu'un bref cliché à *Suhaili*. Un bras d'honneur céleste aux convenances vaut donc mieux qu'une saine victoire. Pour un militaire comme Knox-Johnston, rompu aux principes, aux ordres, c'est inconcevable.

Les journalistes veulent savoir. Les rapports qui existaient entre eux, ses sentiments lors de la folle remontée de Moitessier. Knox-Johnston casse les mythes. Ils ne se connaissaient pas, ne s'étaient jamais parlé avant la course. Et comme Moitessier avait refusé d'emporter une radio, ils ne se sont pas entendus durant toute la durée du Golden Globe.

Ils se sont vus une seule fois, bien des années plus tard, à Paris. Et quand, comme la foule des admirateurs, comme n'importe qui, Knox-Johnston avait demandé à son vieil adversaire pourquoi il n'avait pas bouclé la boucle, Moitessier avait répondu qu'il ne s'imaginait pas embrasser le général de Gaulle à Plymouth.

Quelques rires émanent des rangs. Les journalistes français notent. Là, il y a de quoi alimenter une brève. Et puis, on ne sait pourquoi, on évoque Crowhurst.

Donald Crowhurst.

Car Knox-Johnston devra bien s'y faire : même Crowhurst s'est taillé une place qu'il ne peut convoiter. Inaccessible à la gloire et aux performances humaines. Crowhurst est devenu un personnage de roman, de film, on détaille sa folie, on dissèque les mots de son journal de bord. Des universitaires se passionnent pour ses délires obsessionnels. Pour un Knox-

Johnston qui écrit dans la norme, qui glorifie les faits, qui ne confond pas son journal de bord avec un recueil de prose mystique, c'est insupportable.

Robin Knox-Johnston répond aux questions avec une certaine bienveillance, un rien d'humour quand il le faut. Il est anglais. Il sait génétiquement donner le change. Mais il sent, et c'est une douleur tenace, que ce n'est pas lui que les organisateurs et les journalistes aimeraient voir ici. Il a beau être le meilleur, le plus endurant, le plus valeureux, celui qui a su garnir son armoire à trophées, il est en chair et en os. Tristement et banalement humain.

Or deux fantômes tenaces hantent les mémoires. Il a le premier rôle de l'histoire, mais ce n'est pas de lui dont on se souvient d'abord. Il y a Crowhurst, il y a Moitessier. Deux concurrents se sont aventurés sur des territoires où la victoire ne compte pas. Robin Knox-Johnston pourrait étoffer son palmarès jusqu'à cent cinq ans, il ne sera pas tout à fait comme eux.

Mais il peut aussi se dire qu'il y a bien plus perdant que lui.

Il y a Nigel Tetley.

Il a écrit sur son aventure, Tetley, et personne, ou presque, ne l'a lu. Il s'est éreinté à remettre un bateau sur la mer, Tetley, et personne n'a souhaité parier la moindre livre sterling sur son projet. Même s'il n'y avait pas eu un arbre, une corde, un suicide anonyme et misérable, il y a fort à parier que Tetley n'aurait pas été invité aux Sables-d'Olonne.

Comme si, entre Crowhurst et Moitessier, il était devenu invisible.

Tetley qui avait tout pour être un grand navigateur, Tetley avec lequel il aurait dû partager son triomphe. Car si *Victress* était allée jusqu'à bon port, le tour du monde le plus rapide était pour lui.

Derrière la gloire, il y a pourtant la vie. La fin de vie de Nigel Tetley comme une descente aux enfers. La mer et Donald Crowhurst lui ont tout pris.

Robin Knox-Johnston s'est laissé emporter lui aussi par des rêves qui dépassent les horizons communs. Mais la mer lui a rendu beaucoup. Plus peut-être qu'il ne l'aurait imaginé. Car il n'a pas obtenu la seule noblesse au cours de son tour de monde victorieux, il a recollé les fils de sa vie. Il était parti, fraîchement divorcé. Sue qu'il connaissait depuis l'enfance, dont il s'était épris si jeune, avait décidé que c'en était assez.

Peut-être que la naissance de leur fille, alors qu'il bourlinguait en mer, l'avait convaincue qu'il n'y avait rien à attendre de lui. Il s'était décidé à lui prouver le contraire. C'était en 1972. Madame Crowhurst essayait alors de survivre, Moitessier pouponnait auprès de sa nouvelle compagne, Tetley inspirait une dernière fois un air dont il ne voulait plus.

Sue avait repris sa main. Ils s'étaient remariés. Et dans son rôle de vieille gloire en 2018, aux Sables-d'Olonne, encore solide, la vitrine pleine de médailles et d'exploits divers, Knox-Johnston a en outre le loisir de songer à ses petits-enfants. Une carrière bien remplie, une vie pleine, une réputation solide. De quoi, bon Dieu, peut-il être jaloux ?

Il y a un silence. Les journalistes ne comprennent pas vraiment où s'est perdu le vieil homme. L'un d'eux reprend la parole, comme pour le tirer de ses songes.

– Et vous êtes généreux, sir Knox-Johnston…

– Pardon ?

– Il y a cette somme de 5000 livres, le prix que vous avez offert à la famille endeuillée de Donald Crowhurst.

– Ah oui, l'argent…

Cet argent que personne n'avait songé à donner à Tetley.

Remerciements

Cyrille Girardin a conté cette histoire, un soir au Ghana, à deux amis qui avaient traversé l'Afrique sac à dos pour venir lui rendre visite. Des années plus tard, en Suisse, Michaël Perruchoud en a parlé à Éric Bulliard et Guillaume Pidancet. L'envie de la coucher sur papier leur est ainsi venue.

Merci à Cyrille Girardin qui fut le correcteur attentif de ce texte et qui a patiemment commenté les chapitres à mesure qu'ils lui parvenaient, là-bas, du côté de Zanzibar.

Merci à Simon Meier qui a partagé et rêvé ce livre avec nous entre le Cynar tonic et les filets de perche.

Bibliographie

Outre la tradition orale, les articles de presse et les virées sur Internet, les livres suivants nous ont été plus qu'utiles :

- Bernard Moitessier, *Vagabond des mers du Sud*, Paris, Arthaud, 2004 (1re éd. 1960)
- Bernard Moitessier, *La Longue Route*, Arthaud, 1971
- Peter Nichols, *Golden Globe*, Glénat, 2002
- Nicholas Tomalin et Ron Hall, *The Strange Last Voyage of Donald Crowhurst*, Adlard Coles Nautical, Londres, 1995 (1re éd. 1970)

Du même éditeur :

- *On n'abandonne pas ceux qu'on aime,* Meliké Oymak, 2020
- *Je n'ai jamais rien vu de plus fort,* collectif, 2020
- *C'est l'histoire d'une mère qui s'en va,* Chirine Sheybani, 2020
- *Maelström – Polyanthes,* Lolita Althaus et Loris Grandjean, 2020
- *L'Altitude des Orties,* Fred Bocquet, Eric Bulliard, Sébastien G. Couture, Blaise Hofmann, Julie Moulin, Michaël Perruchoud, Bertrand Tappy et Lolvé Tillmanns, 2020
- *Le Casting,* Philippe Lamon, 2019
- *Presque vivants,* Guillaume Favre, 2019
- *Sylvanie,* Anna Maria Celli, 2019
- *La Reine de Cœur,* Gaël Grobéty, 2019
- *Onirine,* Davide Giglioli, 2019
- *Nafasam,* Chirine Sheybani, 2018
- *Lemania II – Eva,* Fabien Feissli, 2018
- *La Faute au Loup,* Yves Mugny, 2018
- *Un Amour parfait,* Lolvé Tillmanns, 2018
- *Je ne laisserai jamais dire que ce n'est pas la plus belle chanson du monde – tome II,* collectif, 2018
- *Lemania I – Le Mîlénarium,* Fabien Feissli, 2017
- *Le Siège de Montfureur,* Sébastien G. Couture et Michaël Perruchoud, 2017
- *Animal Torpedo,* Pat Genet, 2017
- *Mauvaises Nouvelles,* Jérôme Rosset, 2017

- *L'Héritier de Minnetoy-Corbières*, Sébastien G. Couture et Michaël Perruchoud, 2016
- *Les Fils*, Lolvé Tillmanns, 2016
- *Baba au Rhum*, Philippe Lamon, 2016
- *Sans mythologies*, Guillaume Favre, 2016
- *Ceux de Corneauduc*, Sébastien G. Couture et Michaël Perruchoud, 2015
- *Rosa*, Lolvé Tillmanns, 2015
- *En eau salée*, Fabien Feissli, 2015
- *La Porte*, Fred Bocquet, 2014
- *Mendiant 3458*, Mark Levental, 2014
- *Je ne laisserai jamais dire que ce n'est pas la plus belle chanson du monde*, collectif, 2014
- *33, rue des Grottes*, Lolvé Tillmanns, 2014
- *La Chambre blanche*, Marc Milliand, 2013
- *Comment j'ai vengé ma ville*, Philippe Lamon, 2013
- *Le garçon qui ne voulait pas sortir du bain*, Michaël Perruchoud, 2013
- *La Ricarde*, Fred Bocquet, 2012
- *Les choses qui sauvent*, Guillaume Favre, 2012
- *Graine de Sabbat*, Laurent Trousselle, 2012
- *Extraits du Casier*, collectif, 2011
- *Déroutes*, Laure Lugon Zugravu, 2011
- *Les Maux du Prophète*, Mark Levental, 2011
- *Les Réfractaires*, collectif, 2009
- *Nobles Causes*, Jérôme Rosset, 2009
- *Première à droite après l'Éden*, Marc Milliand, 2009
- *Les Inchangés*, Magali Bossi, 2009
- *Darwin, mon Amour*, Marie D. Hayoz, 2009
- *Bébert au Bistrot : Le fond du verre est frais*, Sébastien G. Couture, 2008
- *Les Six Rendez-vous d'Owen Saïd Markko*, Michaël Perruchoud, 2008
- *Bébert au Bistrot : Tournée individuelle*, Sébastien G. Couture, 2007
- *Au crayon dans la marge*, Laure Lugon Zugravu, 2007

- *Côté Rue*, Paule Mangeat, 2007
- *Marche, arrêt. Point mort*, Laurent Trousselle, 2007
- *À marée haute*, Fabienne Slama, 2006
- *Monsieur Quincampoix*, Fred Bocquet, 2006
- *Mignardises*, collectif, 2005
- *Le Martyre du Pape Kevin*, Michaël Perruchoud, 2004

Cousu Mouche
www.cousumouche.com

Cet ouvrage a été achevé d'imprimer
par Pulsioprint.Com (Paris/Sofia) en novembre 2020
Imprimé en UE